Der Löwe blieb: Eine wahre Geschichte von Schmerz, Hoffnung und Wunder

ALEXANDER ARMIN

INHALTSVERZEICHNIS

1
Der verletzte Löwe im Wald

1.1 Kaelan findet das verletzte Löwenbaby Liora

Am Horizont erhob sich die Sonne und hüllte den Wald in ein sanftes, goldenes Licht. Kaelan, dessen botanische Fähigkeiten weithin bekannt waren, durchstreifte die vertrauten Pfade des Waldes, die ihm wie eine zweite Heimat vorkamen. Die Stille, unterbrochen nur vom gelegentlichen Zwitschern der Vögel und dem Rascheln der Blätter, war ihm lieb. Doch an diesem Tag lag etwas Unheimliches in der Luft, als ob die Natur selbst den Atem anhielt.

Während er weiterging, fiel ihm eine Spur im weichen Erdreich auf. Es war nicht die übliche Fährte eines Rehs oder eines Wildschweins. Diese Spuren waren größer, tiefer, und sie führten ihn in einen abgelegenen Teil des Waldes, den er selten betrat. Neugier und Besorgnis trieben ihn voran, und je näher er kam, desto stärker wurde das Gefühl, dass etwas nicht stimmte.

Plötzlich schnitt ein leises Wimmern durch die Stille wie ein scharfer Pfeil. Kaelan blieb stehen, sein Herz schlug schneller. Er folgte dem Geräusch und drang tiefer in das Dickicht vor. Schließlich stieß er auf eine kleine Lichtung, und das Bild, das sich ihm bot, ließ ihn innehalten. Dort lag ein verletztes Löwenbaby, das er später Liora nennen würde. Ihr zerzaustes goldenes Fell war von einer blutigen Wunde durchzogen, und die kleinen, hilflosen Augen blickten ihn mit einer Mischung aus Angst und Schmerz an.

Vorsichtig kniete Kaelan sich neben das Tier und streckte seine Hand aus. In diesem Moment spürte er die Kälte des Schmerzes, die von Liora ausging, und es war, als würde sie direkt in sein Herz eindringen. Diese Verbindung zwischen ihnen war sofort spürbar, und er wusste, dass dies nicht nur ein Schlüsselmoment in seinem Leben war, sondern auch ein Symbol für die Verletzlichkeit der Natur, die er so sehr schätzte.

"Was ist dir widerfahren, kleines Wesen?" flüsterte er sanft, während er Liora mit seinen zarten Händen berührte. Sie zitterte unter seinem Griff, und Kaelan fühlte, wie sich eine Welle von Empathie in ihm regte. Er war Botaniker, kein Tierarzt, aber in diesem Moment wusste er, dass er alles tun musste, um ihr zu helfen. Die Wunden, die sie trug, waren nicht nur physischer Natur; sie waren auch das Ergebnis einer Welt, die oft grausam und ungerecht war.

Sein Geist begann zu rasen, während er nach Lösungen suchte. "Ich kann dir helfen", versprach er, obwohl er nicht ganz sicher war, wie. Kaelan dachte an die Pflanzen, die er kannte, an die Heilkräuter, die er in seinem Garten anbaute. Er erinnerte sich an die Geschichten, die Elysia, seine Mentorin, ihm erzählt hatte – Geschichten über die heilenden Kräfte der Natur und die tiefen Verbindungen zwischen Mensch und Tier. Jetzt war es an der Zeit, diese Lehren in die Tat umzusetzen.

Er nahm einen tiefen Atemzug, um seine Gedanken zu sammeln, und begann, die Umgebung nach geeigneten Pflanzen abzusuchen. "Wenn ich nur etwas von der Goldrute finden könnte", murmelte er, während er durch das hohe Gras schritt. Diese Pflanze war bekannt für ihre heilenden Eigenschaften und könnte Liora helfen, ihre Wunden zu heilen. Doch während er suchte, schien die Zeit stillzustehen, und die Sorgen um Valerius, den tyrannischen Landbesitzer, der über Eldoria herrschte, drängten sich in seinen Kopf. Valerius hatte nie ein Geheimnis aus seiner Abneigung gegen die Tiere gemacht, die er als Bedrohung für seine Macht ansah.

"Ich darf nicht zulassen, dass er dir etwas antut", flüsterte Kaelan, während er sich wieder zu Liora umdrehte. In ihren Augen sah er nicht nur Angst, sondern auch einen Funken Hoffnung. Diese kleine Kreatur, die in einem Moment der Schwäche lag, war auch ein Symbol für den Widerstand gegen die Ungerechtigkeit, die Valerius über das Dorf brachte. Kaelan wusste, dass er nicht nur für Liora kämpfen musste, sondern auch für die Zukunft seines Dorfes.

Als er schließlich die Goldrute fand, spürte er eine Welle der Erleichterung. Er sammelte die Pflanze sorgfältig und kehrte zu Liora zurück. Während er die Blätter zerdrückte und sie auf ihre Wunden auftrug, spürte er, wie sich eine tiefe Verbindung zwischen ihnen entwickelte. In diesem Moment überwand Kaelan seine eigenen inneren Konflikte und Ängste. Er war nicht nur ein Botaniker; er war ein Beschützer, ein Heiler. Und er würde alles tun, um Liora zu retten.

Die Schönheit des Waldes um ihn herum schien für einen Moment zu verschwinden, während er sich ganz auf die verletzliche Kreatur konzentrierte, die in seinen Händen lag. Die Themen von Schmerz und Hoffnung begannen, sich in seinem Herzen zu verweben, und er wusste, dass dies erst der Anfang eines viel größeren Kampfes war – nicht nur für Liora, sondern für alle, die in Eldoria lebten.

1.2 Die ersten Schritte zur Heilung beginnen

Auf dem weichen, moosbedeckten Boden des Waldes kniete Kaelan, das verletzte Löwenbaby Liora in seinen sanften Händen haltend. Der Anblick des kleinen Geschöpfs, so zerbrechlich und hilflos vor ihm liegend, ließ sein Herz schneller schlagen. Die zarten Wunden an ihrem Körper waren nicht nur physischer Natur; sie schienen auch die Seele des Tieres zu berühren. Kaelan war sich bewusst, dass er nicht nur die körperlichen Wunden heilen musste, sondern auch die emotionalen Narben, die tief in Liora verborgen lagen.

Mit einem tiefen Atemzug begann er, sein Wissen über Pflanzen und deren heilende Eigenschaften zu nutzen. Erinnerungen an die Geschichten seiner Großmutter kamen ihm in den Sinn, Geschichten über die Kraft der Natur und die Magie, die in den Kräutern und Blumen verborgen ist. "Wenn ich dir helfen will, muss ich die richtigen Pflanzen finden", murmelte er leise, während er sich umblickte und die Umgebung absuchte. Die Schönheit des Waldes war überwältigend, und in diesem Moment fühlte er sich eins mit der Natur.

Die ersten Schritte zur Heilung waren sowohl physisch als auch emotional. Kaelan sammelte vorsichtig einige Blätter von einer nahegelegenen Heilpflanze, die für ihre entzündungshemmenden Eigenschaften bekannt war. Während er die Blätter zerdrückte, um ihren Saft freizusetzen, spürte er eine Welle der Verantwortung auf sich lasten. Es war nicht nur ein Tier, das er heilte; es war ein Leben, das von ihm abhing. Diese Erkenntnis ließ ihn innehalten und über seine eigenen Ängste nachdenken. Würde er genug tun, um Liora zu retten? Würde er die Verantwortung tragen können, die mit dieser Entscheidung einherging?

Als er die salbenartige Mischung auf die Wunden des Löwenbabys auftrug, beobachtete er Lioras Reaktionen genau. Ihre Augen, groß und voller Schmerz, schienen ihm zu sagen, dass sie seine Hilfe brauchte. In diesem Moment wurde ihm klar, dass ihre Verbindung tiefer war als die zwischen einem Menschen und einem Tier. Liora war nicht nur ein verletztes Wesen; sie war ein Symbol für Hoffnung und Widerstand. Die Art und Weise, wie sie ihn ansah, ließ ihn erkennen, dass sie beide in einem Kampf gegen die Dunkelheit standen, die Eldoria bedrohte.

Während die Tage vergingen, verbrachte Kaelan jede freie Minute mit Liora. Er sprach mit ihr, erzählte ihr von den Wundern des Waldes und den Geschichten der Dorfbewohner. Ihre Gegenwart gab ihm Trost und half ihm, seine eigenen inneren Konflikte zu bewältigen. Er fühlte sich weniger allein in seiner Verantwortung und mehr Teil eines größeren Ganzen. Liora wurde zu seinem Vertrauten, und ihre Fortschritte in der Heilung waren für ihn ein Zeichen der Hoffnung. Jedes Mal, wenn sie ein wenig stärker wurde, fühlte er sich ermutigt, weiterzumachen.

Doch trotz der Fortschritte blieb ein Schatten über ihrer Beziehung. Kaelan konnte die drohende Gefahr durch Valerius nicht ignorieren. Die ständige Bedrohung, die von dem tyrannischen Landbesitzer ausging, schwebte wie ein dunkler Vorhang über Eldoria. Kaelan wusste, dass er nicht nur für Liora kämpfen musste, sondern auch für das Dorf, das ihm so viel bedeutete. Die Verantwortung, die er trug, wurde ihm immer bewusster, und mit jedem Tag wuchs sein Entschluss, sich Valerius entgegenzustellen.

In den stillen Nächten, wenn der Mond hoch am Himmel stand und die Sterne funkelten, dachte Kaelan oft über die Verbindung zwischen Mensch und Tier nach. Er verstand, dass diese Bindung nicht nur eine Quelle der Stärke war, sondern auch eine Verantwortung mit sich brachte. Liora war mehr als nur ein verletztes Tier; sie war ein Teil von ihm geworden, und er würde alles tun, um sie zu beschützen. Diese Gedanken führten ihn zu einer tiefen Einsicht: Um die Freiheit und die Hoffnung für Eldoria zu bewahren, musste er bereit sein, alles zu riskieren.

So begannen die ersten Schritte zur Heilung nicht nur für Liora, sondern auch für Kaelan selbst. Er lernte, dass wahre Stärke nicht nur im physischen Kampf lag, sondern auch in der Fähigkeit, für das einzustehen, was man liebt. Diese Lektionen würden ihn auf die Herausforderungen vorbereiten, die noch kommen würden, und die Verbindung zwischen Mensch und Tier würde im Herzen seiner Reise stehen.

1.3 Eine unerwartete Bindung zwischen Mensch und Tier

Die ersten Tage, die Kaelan mit Liora verbrachte, waren erfüllt von einer tiefen Stille, die nur durch das gelegentliche Rascheln der Blätter und das sanfte Plätschern eines nahen Baches unterbrochen wurde. Oft saß er neben dem verletzten Löwenbaby, seine Hände gleitend über ihr weiches, goldenes Fell. Jedes Mal, wenn er ihre Wunden versorgte, spürte er eine Verbindung, die über das Physische hinausging. Es war, als ob ihre Seelen in diesem Moment miteinander verwoben waren, und er konnte die Angst und den Schmerz in ihren großen, traurigen Augen sehen.

Kaelan erkannte schnell, dass Liora nicht nur körperlich verletzt war. Ihre Verletzung war auch emotional, ein Echo der Trauer und des Verlustes, das sie in sich trug. Er dachte an die vielen Geschichten, die er über die majestätischen Löwen gehört hatte, die in den Wäldern lebten, und an die Freiheit, die sie symbolisierten. Jetzt, da er Liora pflegte, fühlte er sich wie ein Wächter, der nicht nur für ihr Überleben kämpfte, sondern auch für die Hoffnung, die sie verkörperte. Die Verbindung zwischen ihnen wuchs mit jedem Tag, und Kaelan begann zu verstehen, dass er nicht nur für Liora verantwortlich war, sondern auch für die Natur, die sie beide umgab.

Der Wald um sie herum war ein lebendiger Zeuge ihrer gemeinsamen Reise. Die Farben der Blätter schimmerten in einem satten Grün, während die Sonnenstrahlen durch das Blätterdach fielen und goldene Muster auf den Boden malten. Diese Schönheit verstärkte die Verletzlichkeit, die sowohl Kaelan als auch Liora empfanden. In den ruhigen Momenten, wenn der Wind sanft durch die Bäume strich, spürte Kaelan, wie die Natur ihn umarmte, als wollte sie ihm sagen, dass er nicht allein war. Doch gleichzeitig nagte die Vorahnung an ihm, dass diese Idylle nicht von Dauer sein würde.

In den stillen Nächten, wenn die Sterne am Himmel funkelten, saß Kaelan oft wach und dachte über die drohende Gefahr nach, die Valerius über Eldoria brachte. Der tyrannische Landbesitzer hatte bereits seine finsteren Pläne geschmiedet, und Kaelan wusste, dass es nur eine Frage der Zeit war, bis die Ruhe des Waldes durch das unbarmherzige Streben nach Macht gestört werden würde. Diese Gedanken ließen ihn nicht los; sie verwandelten seine Besorgnis in Entschlossenheit. Er musste nicht nur Liora beschützen, sondern auch das, was sie repräsentierte – die Unschuld der Natur und die Hoffnung auf eine bessere Zukunft.

Die Tage vergingen, und mit jedem Schritt, den Liora machte, wuchs auch Kaelans Entschlossenheit. Er beobachtete, wie sie stärker wurde, ihre Bewegungen geschmeidiger und selbstbewusster. Es war, als ob sie ihm die Kraft gab, die er brauchte, um sich den Herausforderungen zu stellen, die vor ihnen lagen. In diesen Momenten fühlte er sich lebendig, als ob die Verbindung zwischen ihnen nicht nur ihre individuellen Kämpfe, sondern auch die der gesamten Dorfgemeinschaft umfasste. Kaelan verstand, dass die Heilung von Liora nicht nur ihre eigene war, sondern auch die der Natur, die sie beide schätzten.

Doch während ihre Bindung stärker wurde, schwebte die Bedrohung durch Valerius wie ein dunkler Schatten über ihnen. Kaelan spürte, dass die Zeit drängte. Er musste handeln, bevor es zu spät war. Die Erkenntnis, dass Liora nicht nur ein verletztes Tier war, sondern ein Symbol für den Widerstand gegen die Tyrannei, ließ sein Herz schneller schlagen. Er wusste, dass er bereit sein musste, für sie und für die Freiheit seines Dorfes zu kämpfen.

Als der Morgen dämmerte und die ersten Sonnenstrahlen den Wald erhellten, fühlte Kaelan eine neue Entschlossenheit in sich aufsteigen. Er sah Liora an, die ihn mit ihren großen, vertrauensvollen Augen betrachtete, und wusste, dass sie gemeinsam stark waren. Diese Verbindung war nicht nur eine Quelle der Hoffnung, sondern auch ein Aufruf zum Handeln. Die Schönheit des Waldes um sie herum war ein ständiger Reminder an die Zerbrechlichkeit des Lebens und die Notwendigkeit, es zu schützen. Und so, mit einem letzten Blick auf die schimmernden Blätter und das sanfte Plätschern des Wassers, machte sich Kaelan bereit, den ersten Schritt in einen Kampf zu wagen, der alles verändern könnte.

2
Eldoria – Ein Dorf in Harmonie

2.1 Das Leben im Einklang mit der Natur

Inmitten der unberührten Landschaft von Eldoria, einem abgelegenen Dorf, das von dichten Wäldern und majestätischen Bergen umarmt wird, pulsiert das Leben in einem harmonischen Rhythmus. Die Dorfbewohner sind tief mit der Natur verwoben, und ihre täglichen Rituale spiegeln diese innige Beziehung wider. Wenn die ersten Sonnenstrahlen durch das Blätterdach brechen, versammeln sich die Menschen am Fluss, um das Wasser zu segnen und für eine reiche Ernte zu danken. Diese Tradition, die seit Generationen weitergegeben wird, ist nicht nur ein Ausdruck des Glaubens, sondern auch eine Feier der Natur, die ihnen alles gibt, was sie zum Leben benötigen.

Die Frauen des Dorfes, in schlichten, erdigen Farben gekleidet, sammeln frische Kräuter und Blumen, während die Männer sich um die Felder kümmern. Jeder hat seine Rolle, und jeder weiß, dass das Überleben des Dorfes von der Zusammenarbeit abhängt. In den Nachmittagsstunden versammeln sich die Kinder unter dem großen alten Baum im Dorfzentrum, wo die Ältesten Geschichten von den Geistern des Waldes erzählen. Diese Erzählungen lehren die Kinder den Respekt vor der Natur und die Bedeutung des Gleichgewichts zwischen Mensch und Tier.

Kaelan, ein junger Botaniker, ist ein fester Bestandteil dieser Gemeinschaft. Sein Wissen über Pflanzen und deren heilende Eigenschaften wird hoch geschätzt. Oft sieht man ihn in den Wäldern, wo er mit Hingabe die Geheimnisse der Flora studiert. Kaelan besitzt eine besondere Gabe: Er kann die Bedürfnisse der Pflanzen spüren und weiß, welche Kräuter in welcher Situation am besten helfen. Diese Fähigkeit macht ihn nicht nur zu einem Heiler, sondern auch zu einem Hüter der Natur. Seine Hände sind oft mit Erde beschmiert, und sein Gesicht strahlt eine tiefe Zufriedenheit aus, wenn er mit den Pflanzen arbeitet.

Doch trotz dieser Idylle schwebt eine dunkle Wolke über Eldoria. Gerüchte über Valerius, den tyrannischen Landbesitzer, der die Ressourcen des Dorfes ausbeuten will, beginnen sich auszubreiten. Die Dorfbewohner spüren die drohende Gefahr, und während sie in ihren täglichen Aufgaben vertieft sind, bleibt ein Gefühl der Unruhe in der Luft hängen. Kaelan, der die Harmonie zwischen Mensch und Natur verkörpert, fühlt die Spannung besonders stark. Er weiß, dass die Schönheit und der Frieden, die das Dorf umgeben, in Gefahr sind, und diese Erkenntnis lässt ihn nicht los.

Die Abende in Eldoria sind geprägt von gemeinschaftlichem Zusammensein. Am Feuer versammeln sich die Dorfbewohner, um zu singen, zu tanzen und Geschichten zu erzählen. Es ist eine Zeit des Lachens und der Freude, doch in den Augen vieler blitzt auch Besorgnis auf. Kaelan beobachtet, wie die Gesichter seiner Nachbarn von Sorgen gezeichnet sind. Er spürt, dass die bevorstehenden Konflikte nicht nur die Natur, sondern auch die Gemeinschaft selbst bedrohen. Diese Gedanken beschäftigen ihn, während er den Klang der Musik und das Knistern des Feuers genießt.

Einmal, als er allein im Wald ist, begegnet er einer verletzten Kreatur – einem Löwenbaby, das er Liora nennt. Diese unerwartete Begegnung wird zum Wendepunkt in seinem Leben. Während er Liora pflegt, entdeckt er nicht nur seine Fähigkeiten zur Heilung von Pflanzen, sondern auch seine Empathie für die verletzliche Kreatur. Die Verbindung zwischen ihnen wird zu einem Symbol für die Verletzlichkeit der Natur, die er so sehr schätzt. In diesen Momenten wird ihm klar, dass er nicht nur für das Dorf, sondern auch für die gesamte Natur kämpfen muss.

Die Harmonie, die das Dorf Eldoria auszeichnet, wird zunehmend durch die drohende Gefahr von Valerius in Frage gestellt. Kaelan spürt, dass die Dorfbewohner zusammenstehen müssen, um ihre Heimat zu schützen. Die täglichen Rituale, die einst Frieden und Zugehörigkeit symbolisierten, werden nun von der Angst vor dem Unbekannten überschattet. In dieser kritischen Zeit wird Kaelan zu einem Anführer, dessen Wissen und Entschlossenheit entscheidend für das Überleben des Dorfes sein werden. Die bevorstehenden Konflikte verlangen von ihm, seine innere Stärke zu finden und die Dorfbewohner zu mobilisieren, um gegen die Bedrohung zu kämpfen, die ihre Welt ins Wanken bringen könnte.

So beginnt die Geschichte von Eldoria, einem Ort, an dem die Schönheit der Natur und die Herausforderungen des Lebens untrennbar miteinander verbunden sind. Die Dorfbewohner müssen lernen, dass ihre Harmonie mit der Natur nicht nur ein Geschenk, sondern auch eine Verantwortung ist, die sie in schwierigen Zeiten tragen müssen. Und während die Schatten von Valerius näher rücken, wird die Frage, ob sie bereit sind, für ihre Freiheit zu kämpfen, immer drängender.

2.2 Kaelans botanische Fähigkeiten und ihre Bedeutung

Am Rand des Dorfes Eldoria, umgeben von den vertrauten, üppigen Wäldern, stand Kaelan und ließ sich von den sanften Winden umspielen, die den betörenden Duft frischer Kräuter und blühender Pflanzen zu ihm trugen. In seinen Gedanken versunken, spürte er, dass seine botanischen Fähigkeiten weit mehr waren als ein bloßes Talent; sie waren eine tief verwurzelte Berufung, die ihn untrennbar mit der Natur verband. In den letzten Tagen hatte er sich intensiv mit Heilpflanzen beschäftigt, um Liora, das verletzte Löwenbaby, zu heilen. Doch je tiefer er in das Wissen über die Pflanzen eintauchte, desto klarer wurde ihm, dass seine Verantwortung weit über die Heilung eines einzelnen Tieres hinausging.

In den stillen Momenten, in denen er sich um Liora kümmerte, dachte Kaelan an die Dorfbewohner, die auf ihn angewiesen waren. Oft hatten sie ihn um Rat gefragt, wenn es darum ging, Krankheiten zu behandeln oder die Ernte zu verbessern. Seine Leidenschaft für die Natur war ein Lichtstrahl in der Dunkelheit, die Valerius über Eldoria bringen wollte. Doch diese Leidenschaft war auch eine schwere Last, die ihm die Schwere seiner Verantwortung vor Augen führte. Kaelan wusste, dass er nicht nur für sich selbst, sondern für die gesamte Gemeinschaft handeln musste.

Die Heilpflanzen, die er sammelte, waren mehr als nur Mittel zur Linderung von Schmerzen; sie waren Symbole des Lebens und der Hoffnung. Kaelan erinnerte sich an die alten Geschichten, die Elysia, die weise Mentorin, ihm erzählt hatte. Sie sprach oft von der tiefen Verbindung zwischen Mensch und Natur, von der Notwendigkeit, diese Balance zu bewahren. Diese Lehren hallten in seinem Geist wider, während er die Wunden von Liora behandelte. Jedes Mal, wenn er eine Pflanze auswählte, fühlte er die Verantwortung, die damit verbunden war, und die Angst, etwas falsch zu machen.

Als er das Löwenbaby vorsichtig in seinen Armen hielt, spürte er die Kälte des Schmerzes, die durch die Verbindung zwischen ihnen verstärkt wurde. Es war nicht nur Liora, die verletzt war; es war auch die Natur, die unter dem Druck von Valerius' Gier litt. Kaelan wusste, dass die Zeit drängte. Er musste nicht nur Liora heilen, sondern auch die Dorfbewohner darauf vorbereiten, was kommen würde. Valerius' finstere Pläne schwebten wie ein Schatten über Eldoria, und Kaelan fühlte sich zunehmend in der Zwickmühle zwischen seiner Loyalität zur Natur und der Notwendigkeit, sein Zuhause zu verteidigen.

Die Tage vergingen, und während Kaelan seine botanischen Fähigkeiten weiterentwickelte, wurde ihm klar, dass er auch die Dorfbewohner aufklären musste. Sie mussten verstehen, wie wichtig es war, die natürlichen Ressourcen zu schützen, die sie so lange geschätzt hatten. Kaelan begann, kleine Versammlungen im Dorf abzuhalten, in denen er über die Bedeutung der Heilpflanzen sprach und wie sie nicht nur zur Heilung, sondern auch zur Stärkung der Gemeinschaft beitragen konnten. Seine Worte fanden Gehör, und die Dorfbewohner begannen, ihm zuzuhören.

Doch je mehr er sich mit den Dorfbewohnern austauschte, desto mehr spürte er den inneren Konflikt, der in ihm wuchs. Wie konnte er sie vor Valerius schützen, wenn er gleichzeitig die Natur bewahren wollte? Diese Fragen nagten an ihm, während er in den Wäldern nach weiteren Heilpflanzen suchte. Jedes Mal, wenn er eine neue Pflanze entdeckte, die er für Liora verwenden konnte, spürte er sowohl Freude als auch Trauer. Freude über die Möglichkeit, Leben zu retten, und Trauer über die drohende Gefahr, die über ihnen schwebte.

In einer besonders stürmischen Nacht, als der Wind durch die Bäume heulte und der Regen gegen die Fenster des Dorfes prasselte, saß Kaelan allein in seiner kleinen Hütte. Die Dunkelheit schien ihn zu erdrücken, und die Fragen, die ihn quälten, wurden lauter. War er stark genug, um die Dorfbewohner zu führen? Konnte er die Verantwortung tragen, die auf seinen Schultern lastete? Diese Gedanken ließen ihn nicht los, während er an Liora dachte, die in der Ecke seiner Hütte schlief, und an die Dorfbewohner, die auf ihn zählten.

Er wusste, dass er sich entscheiden musste. Der innere Konflikt, den er verspürte, war nicht nur ein persönlicher Kampf, sondern ein Kampf um das Überleben seiner Gemeinschaft. Kaelan musste lernen, dass seine botanischen Fähigkeiten nicht nur ein Geschenk waren, sondern auch eine Verpflichtung, die er ernst nehmen musste. Mit dieser Erkenntnis wuchs in ihm der Entschluss, alles zu tun, um sowohl Liora als auch Eldoria zu schützen. Die bevorstehenden Herausforderungen würden ihn auf die Probe stellen, aber er war bereit, sich ihnen zu stellen.

2.3 Vorboten der Herausforderungen, die bevorstehen

Hinter den schroffen Gipfeln von Eldoria verschwand die Sonne allmählich und hüllte das Dorf in ein sanftes, goldenes Licht. Doch trotz dieser malerischen Szenerie lag eine unheilvolle Stille über dem Land. Die Dorfbewohner hatten sich auf dem Marktplatz versammelt, ihre Gesichter von Besorgnis gezeichnet, während Gerüchte über Valerius' finstere Pläne wie ein Schatten über ihre Gemeinschaft schwebten. Kaelan spürte die Anspannung in der Luft, als er die besorgten Blicke seiner Nachbarn sah. Es war, als ob die Natur selbst den Atem anhielt, um die drohende Gefahr zu ahnen.

"Hast du gehört, was sie sagen?", flüsterte Tamsin, ihre Stimme kaum mehr als ein Hauch. "Valerius plant, die Wälder abzuholzen. Er will unser Zuhause zerstören." Ihre Augen funkelten vor Wut und Entschlossenheit, doch in ihrem Blick lag auch die Furcht vor dem Unbekannten. Kaelan nickte, seine Gedanken wirbelten. Er hatte es selbst gehört, die Worte, die wie ein unheilvolles Echo durch die Straßen hallten. Valerius, der tyrannische Landbesitzer, war entschlossen, die Ressourcen des Dorfes auszubeuten, und mit jedem Tag schien die Bedrohung näher zu rücken.

Die Harmonie, die Eldoria einst auszeichnete, war in Gefahr. Kaelan erinnerte sich an die Tage, an denen das Lachen der Kinder und das Singen der Vögel die Luft erfüllten. Jetzt jedoch schien die Welt um ihn herum in einen Zustand der Unruhe und Unsicherheit zu verfallen. Er dachte an Liora, das verletzte Löwenbaby, das er gefunden hatte, und an die Hoffnung, die sie symbolisierte. Aber selbst diese Hoffnung schien in der Dunkelheit zu verblassen, die Valerius über das Dorf brachte.

"Wir müssen etwas unternehmen", sagte Tamsin mit fester Stimme, als sie die anderen Dorfbewohner ansah. "Wir können nicht einfach zusehen, wie er alles zerstört, was wir lieben." Ihre Worte waren wie ein Funke, der in den Herzen der Versammelten ein Feuer entfachte. Kaelan fühlte, wie sein eigenes Herz schneller schlug. Der Gedanke, gegen Valerius zu kämpfen, war beängstigend, aber gleichzeitig verspürte er eine wachsende Entschlossenheit. Er wusste, dass er nicht allein war; die Dorfbewohner standen zusammen, bereit, für ihre Freiheit zu kämpfen.

Doch während sie über Pläne diskutierten, spürte Kaelan die Kälte des Schmerzes, die durch seine Adern floss. Was, wenn sie scheiterten? Was, wenn Valerius sie besiegte? Die Gedanken drängten sich in seinen Kopf, und er kämpfte gegen die aufkeimende Panik an. Elysia, seine Mentorin, hatte oft gesagt, dass die größte Stärke im Glauben an sich selbst und an die Gemeinschaft liege. Doch in diesem Moment fühlte er sich schwach und unsicher.

"Wir müssen Liora schützen", sagte er schließlich, seine Stimme fest, obwohl er innerlich zitterte. "Sie ist nicht nur ein Tier; sie ist ein Symbol für unsere Hoffnung. Wenn wir sie verlieren, verlieren wir auch den Glauben an unsere Stärke." Tamsin nickte zustimmend, und die anderen Dorfbewohner murmelten zustimmend. In diesem Moment fühlte Kaelan, wie die Verbindung zwischen ihnen stärker wurde. Sie waren nicht nur Nachbarn; sie waren eine Familie, vereint im Kampf gegen die Dunkelheit.

Als die Dämmerung hereinbrach, erhellte ein sanftes Licht den Marktplatz, und die Dorfbewohner begannen, ihre Stimmen zu erheben. Sie sangen Lieder der Hoffnung und des Widerstands, und Kaelan fühlte, wie die Angst in seinem Herzen allmählich schwand. Doch tief in seinem Inneren wusste er, dass dies erst der Anfang war. Die Herausforderungen, die vor ihnen lagen, würden nicht leicht sein, und Valerius würde nicht kampflos aufgeben.

Die Nacht fiel über Eldoria, und während die Sterne am Himmel funkelten, spürte Kaelan die Last der bevorstehenden Kämpfe auf seinen Schultern. Doch er wusste auch, dass sie gemeinsam stark waren. Die Dorfbewohner würden nicht aufgeben, und mit Liora an ihrer Seite hatten sie die Möglichkeit, das Blatt zu wenden. Ein Gefühl der Entschlossenheit erfüllte ihn, während er in die Dunkelheit blickte, bereit, sich den Herausforderungen zu stellen, die noch kommen würden.

3
Die Schatten von Valerius

3.1 Der tyrannische Landbesitzer tritt in Erscheinung

Hoch oben am Himmel strahlte die Sonne mit ihren goldenen Strahlen auf das friedliche Dorf Eldoria, wo die Dorfbewohner in Einklang mit der Natur lebten. Doch an diesem Tag lag eine unheilvolle Vorahnung in der Luft, als das Geräusch von Hufen und das Knirschen von Rädern den gewohnten Klang des Lebens im Dorf durchbrach. Valerius, der skrupellose Landbesitzer, war angekommen.

Sein Auftritt war nichts weniger als beeindruckend. In einem prunkvollen Wagen, gezogen von zwei kräftigen Pferden, näherte er sich dem Dorf. Sein Gesicht war von einer kalten, berechnenden Miene geprägt, und seine Augen funkelten wie scharfe Klingen. Die Dorfbewohner hielten inne, ihre Gespräche verstummten, als sie die bedrohliche Präsenz des Mannes spürten, der gekommen war, um ihre Welt zu verändern.

Valerius stieg aus seinem Wagen und betrachtete das Dorf mit einem arroganten Lächeln. Er war ein Mann, der Macht und Kontrolle suchte, und die Idylle von Eldoria war für ihn nichts weiter als ein Stück Land, das es zu erobern galt. "Ich werde die Ressourcen dieses Dorfes nutzen, um meinen Einfluss zu vergrößern", murmelte er leise, während er über die Felder blickte, die in der warmen Sonne leuchteten.

Die Dorfbewohner, die sich um die Marktplätze versammelt hatten, spürten, wie sich die Atmosphäre veränderte. Ein Gefühl der Angst und Unsicherheit breitete sich aus, als sie Valerius' Ankunft wahrnahmen. Sie wussten um seine finsteren Pläne, und das Wissen um die drohende Gefahr ließ ihre Herzen schwer werden. "Wir müssen etwas unternehmen", flüsterte einer der älteren Männer, während er nervös mit seinen Händen spielte. "Er wird nicht zögern, uns zu unterdrücken."

Ein mutiger junger Mann namens Finn trat vor und sprach die Menge an. "Wir dürfen uns nicht einschüchtern lassen! Eldoria ist unser Zuhause, und wir werden es verteidigen!" Seine Worte fanden Anklang, und einige Dorfbewohner nickten zustimmend, doch die Angst war greifbar. Sie wussten, dass Valerius nicht nur ein einfacher Landbesitzer war; er war ein Mann, der bereit war, alles zu tun, um seine Ziele zu erreichen.

Valerius hatte bereits einen Plan geschmiedet, um die Kontrolle über Eldoria zu übernehmen. Er würde die Wälder abholzen, die für die Dorfbewohner lebenswichtig waren, und die natürlichen Ressourcen des Dorfes ausbeuten. Während er in die Gesichter der Menschen schaute, sah er nicht die Verzweiflung, sondern eine Herausforderung, die es zu brechen galt. "Ihr werdet sehen, dass ich der Herrscher hier bin", rief er mit lauter Stimme, die durch die Stille schnitt. "Jeder Widerstand wird bestraft werden."

Die ersten Konflikte zwischen Valerius und den Dorfbewohnern ließen nicht lange auf sich warten. Einige mutige Seelen wagten es, sich gegen ihn zu erheben, während andere in der Angst verharrten. Tamsin, eine leidenschaftliche Dorfbewohnerin, trat vor und konfrontierte Valerius. "Wir werden uns nicht unterwerfen! Eldoria gehört uns, und wir werden kämpfen!" Ihre Stimme war stark, doch in ihrem Inneren tobte ein Sturm aus Angst und Entschlossenheit.

Valerius' Augen verengten sich, und ein kaltes Lächeln umspielte seine Lippen. "Kämpfen? Ihr wisst nicht, mit wem ihr es zu tun habt. Ich habe die Macht, euch alle zu vernichten." Seine Worte waren wie ein Schatten, der über die Dorfbewohner fiel. Die Atmosphäre war angespannt, und die Frage nach Macht und Widerstand schwebte in der Luft.

Die Dorfbewohner begannen, sich zu organisieren, um sich gegen die drohende Bedrohung zu wehren. Sie trafen sich heimlich in den Wäldern, um Pläne zu schmieden und Strategien zu entwickeln. Die Verbindung zwischen ihnen wurde stärker, während sie sich gegen die Autorität Valerius' zusammenschlossen. Es war der Beginn eines Kampfes, der nicht nur um ihre Freiheit, sondern auch um das Überleben ihrer Gemeinschaft ging.

Inmitten dieser aufgeladenen Atmosphäre wuchs auch Liora, das verletzte Löwenbaby, das Kaelan gerettet hatte. Ihre Anwesenheit wurde zum Symbol für Hoffnung und Widerstand. Die Dorfbewohner spürten, dass sie nicht allein waren, und die Verbindung zwischen Mensch und Tier verstärkte ihren Mut. Die Spannung stieg, als die ersten Schritte in Richtung Widerstand unternommen wurden, und die Leser konnten förmlich die Vorahnung spüren, dass der Kampf um Eldoria erst begonnen hatte.

3.2 Valerius' finstere Pläne zur Ausbeutung des Dorfes

Als die Dämmerung über Eldoria hereinbrach, legte sich ein unbehagliches Gefühl wie ein schwerer Nebel über die Luft. Am Marktplatz versammelten sich die Dorfbewohner, ihre Gesichter von Sorgenfalten und Unruhe gezeichnet. Valerius, der tyrannische Landbesitzer, hatte seine finsteren Absichten enthüllt, und die Angst um ihre Heimat schwebte wie ein drohender Schatten über der Gemeinschaft. Kaelan, der junge Botaniker, spürte das Gewicht dieser Bedrohung drückend auf seinen Schultern. Die Wälder, die er innig liebte, standen in Gefahr, und mit ihnen die Zukunft des Dorfes.

Bereits hatte Valerius seine Handlanger ausgesandt, um die ersten Schritte zur Abholzung der Wälder einzuleiten. "Die Natur ist eine Ressource, die ausgebeutet werden muss", hatte er mit kalter, berechnender Stimme erklärt. "Diese Bäume sind nichts weiter als Holz für meine Geschäfte." Diese Worte hallten in Kaelans Kopf wider, während er sich an die Schönheit der Wälder erinnerte, die ihm Trost und Inspiration geschenkt hatten. Er konnte nicht zulassen, dass Valerius diese heiligen Orte zerstörte.

Hitze und Leidenschaft durchzogen die Diskussionen der Dorfbewohner, während die Dunkelheit um sie herum zunahm. "Wir müssen etwas unternehmen!", rief Tamsin, ihre Augen funkelten vor Entschlossenheit. "Wenn wir jetzt nicht handeln, wird es zu spät sein!" Ihre Worte fanden Anklang bei den anderen, doch die Furcht vor Valerius' Macht hielt viele zurück. Kaelan spürte, wie sich ein innerer Konflikt in ihm regte. Sollte er sich dem Widerstand anschließen und gegen den Tyrannen kämpfen, oder sollte er versuchen, einen anderen Weg zu finden, um die Natur zu schützen?

In der folgenden Nacht, als die Sterne am Himmel funkelten, schlich sich Kaelan in den Wald, um nach Liora zu sehen. Das Löwenbaby war inzwischen zu einem kleinen, kräftigen Tier herangewachsen, und ihre Verbindung war tief gewachsen. Während er Liora beobachtete, die spielerisch mit den Schatten der Bäume umging, wurde ihm klar, dass sie mehr als nur ein Symbol der Hoffnung für ihn war. Sie war ein Teil seiner Identität geworden, ein lebendiger Ausdruck seines Kampfes für die Natur. "Ich kann dich nicht verlieren", flüsterte er, während er ihr sanft über das Fell strich. "Du bist unser Licht in dieser Dunkelheit."

Doch die Realität holte ihn schnell ein. Valerius' Pläne waren nicht nur eine abstrakte Bedrohung; sie waren konkret und nahmen Gestalt an. Kaelan wusste, dass er handeln musste, bevor es zu spät war. Am nächsten Morgen versammelte er die Dorfbewohner erneut. "Wir müssen uns vereinen", begann er, seine Stimme fest und entschlossen. "Wenn wir zusammenstehen, können wir Valerius stoppen. Wir müssen unsere Wälder verteidigen und die Ressourcen unseres Dorfes schützen."

Die Diskussionen wurden leidenschaftlicher, und die Ängste der Dorfbewohner traten zutage. Einige waren bereit, sich zu wehren, während andere in ihrer Furcht gefangen blieben. "Was ist, wenn wir verlieren?", fragte ein älterer Mann mit zitternder Stimme. "Was passiert mit unseren Familien?" Kaelan spürte, wie die Unsicherheit in der Gruppe wuchs, und er wusste, dass er nicht nur gegen Valerius kämpfen musste, sondern auch gegen die Angst, die in den Herzen seiner Mitmenschen nistete.

"Wir haben die Kraft der Natur auf unserer Seite", entgegnete Kaelan, seine Augen leuchteten vor Überzeugung. "Wir sind Teil dieses Landes, und wir müssen es beschützen. Wenn wir zusammenarbeiten, können wir Valerius besiegen und unser Zuhause retten." Seine Worte schienen wie ein Funke in der Dunkelheit zu wirken. Die Dorfbewohner begannen, sich zu erheben, und die Entschlossenheit in ihren Augen wuchs.

In den folgenden Tagen arbeiteten sie gemeinsam, um Pläne zu schmieden und Strategien zu entwickeln. Kaelan und Tamsin führten die Versammlungen an, während Elysia, die weise Mentorin, ihr Wissen über die Natur und die Bedeutung des Gleichgewichts teilte. Die Dorfbewohner lernten, dass sie nicht nur für sich selbst kämpften, sondern auch für die Zukunft der Natur und der nächsten Generationen.

Doch während sie sich auf den bevorstehenden Konflikt vorbereiteten, blieb Valerius nicht untätig. Gerüchte über seine skrupellosen Methoden und seine Bereitschaft, Gewalt anzuwenden, verbreiteten sich schnell. Die Dorfbewohner waren sich bewusst, dass der Kampf nicht nur um die Wälder, sondern auch um ihr Überleben ging. Kaelan fühlte die Last der Verantwortung auf seinen Schultern, und er wusste, dass er bereit sein musste, alles zu riskieren, um Eldoria zu retten.

Die Vorbereitungen für den Widerstand wurden intensiver, und die Dorfbewohner spürten, dass der Moment des Handelns näher rückte. Die Ungewissheit nagte an ihnen, aber auch die Hoffnung, dass sie gemeinsam stark genug sein könnten, um Valerius zu besiegen. "Wir werden nicht aufgeben", flüsterte Kaelan zu Liora, die an seiner Seite saß. "Wir kämpfen für unsere Heimat, für die Freiheit und für die Zukunft."

3.3 Erste Spannungen zwischen Valerius und den Dorfbewohnern

Die Dämmerung legte sich sanft über Eldoria, während die Schatten der Bäume sich zusammenzogen, als ob sie die drohende Gefahr spürten, die in der Luft lag. Am Rand des Dorfes stand Kaelan, sein Herz schlug wild, während er die versammelten Dorfbewohner beobachtete. Sorge und Entschlossenheit prägten ihre Gesichter, und das Murmeln ihrer Stimmen vermischte sich mit dem sanften Rascheln der Blätter im Wind. Die ersten Spannungen zwischen Valerius und den Dorfbewohnern hatten sich zu einem Sturm der Unruhe entwickelt, der unaufhaltsam näher rückte.

"Wir können nicht länger tatenlos zusehen!", rief Tamsin, ihre Stimme durchdrang die Stille wie ein scharfer Pfeil. "Valerius plant, unsere Wälder abzuholzen und unser Wasser zu vergiften. Wenn wir jetzt nicht handeln, wird es zu spät sein!" Ihre Augen funkelten vor Leidenschaft, und Kaelan spürte, wie sich eine Welle der Entschlossenheit durch die Menge bewegte. Es war, als ob Tamsins Worte einen Funken entzündet hatten, der das Feuer des Widerstands in jedem Einzelnen neu entfachte.

Doch nicht alle waren überzeugt. Einige Dorfbewohner schauten skeptisch, ihre Gesichter von Angst gezeichnet. "Was können wir gegen ihn ausrichten? Er hat die Macht und die Ressourcen, um uns zu vernichten", murmelte ein älterer Mann, dessen Schultern unter der Last der Jahre und der Sorgen gebrochen waren. Kaelan konnte die Verzweiflung in seiner Stimme hören, und es schmerzte ihn, dass die Furcht so tief verwurzelt war. Doch in diesem Moment, als die Dunkelheit sich um sie legte, wurde ihm klar, dass sie nicht nur für sich selbst kämpfen mussten, sondern auch für die kommenden Generationen, die in dieser Idylle leben sollten.

"Wir müssen zusammenstehen!", ergriff Kaelan das Wort, seine Stimme fest und klar. "Liora ist nicht nur ein Löwe; sie ist ein Symbol für unsere Hoffnung und unseren Widerstand. Wenn wir uns vereinen, können wir Valerius zeigen, dass wir nicht bereit sind, uns unterdrücken zu lassen." Seine Worte hallten in der Stille wider, und die Dorfbewohner schauten ihn an, als ob sie zum ersten Mal die Möglichkeit sahen, die Kontrolle über ihr Schicksal zurückzugewinnen.

Ein Raunen ging durch die Menge, und Tamsin trat an Kaelans Seite. "Ja! Wir sind mehr als nur Bauern und Handwerker. Wir sind die Hüter dieses Landes, und wir werden es verteidigen! Lasst uns Valerius nicht erlauben, unsere Heimat zu zerstören!" Ihre Worte waren wie ein kräftiger Wind, der die Flamme des Widerstands anfachte. Kaelan fühlte, wie die Energie in der Versammlung wuchs, und er wusste, dass sie auf dem richtigen Weg waren.

Doch während die Dorfbewohner begannen, Pläne zu schmieden, schwebte die Bedrohung von Valerius wie ein dunkler Schatten über ihnen. Der Gedanke an den tyrannischen Landbesitzer, der alles daran setzte, ihre Gemeinschaft zu zerschlagen, ließ die Anspannung in der Luft knistern. Kaelan wusste, dass sie sich auf einen Kampf vorbereiten mussten, der nicht nur ihre körperliche Stärke, sondern auch ihren Mut und ihre Entschlossenheit auf die Probe stellen würde.

"Wir müssen unsere Ressourcen bündeln und einen Plan entwickeln", sagte Kaelan, während er die Menge anblickte. "Jeder von euch hat Fähigkeiten, die wir nutzen können. Gemeinsam sind wir stark." Die Dorfbewohner nickten zustimmend, und ein Gefühl der Einheit begann, sich in ihren Herzen auszubreiten. Sie waren bereit, sich gegen Valerius zu erheben, und die Angst, die sie zuvor zurückgehalten hatte, begann zu schwinden.

Als die Nacht hereinbrach, versammelten sich die Dorfbewohner um ein großes Feuer, das nicht nur Licht, sondern auch Wärme und Hoffnung spendete. Kaelan sah in die Gesichter seiner Nachbarn und spürte, dass etwas Großes im Entstehen war. Diese erste Welle des Widerstands würde nicht ohne Folgen bleiben, und während sie sich auf die bevorstehenden Herausforderungen vorbereiteten, war er sich sicher, dass sie gemeinsam alles erreichen konnten.

Die Dunkelheit, die einst bedrohlich gewirkt hatte, wurde nun zu einem Zeichen der Hoffnung. Inmitten der Unsicherheit war die Entschlossenheit der Dorfbewohner stärker als je zuvor. Sie waren bereit, für ihre Freiheit zu kämpfen, und in diesem Moment wusste Kaelan, dass die wahre Stärke nicht nur in der Zahl lag, sondern in der Einheit und dem Glauben an eine bessere Zukunft. Die Rebellion hatte begonnen, und die Dorfbewohner würden nicht ruhen, bis sie ihre Heimat verteidigt hatten.

4
Elysia – Die weise Mentorin

4.1 Kaelan sucht Elysias Rat und Weisheit

Hinter den hohen Bäumen des Waldes war die Sonne bereits verschwunden, als Kaelan den schmalen Pfad zu Elysias Hütte betrat. Der Abendhimmel erstrahlte in sanften Pastellfarben, während in seinem Herzen ein Sturm tobte. Er fühlte sich verloren, gefangen zwischen der Verantwortung für Liora und der drohenden Gefahr, die Valerius über Eldoria brachte. Der Gedanke an seine verletzliche Gefährtin, das Löwenbaby, das er gerettet hatte, lastete schwer auf ihm. Es war nicht nur ihre körperliche Heilung, die ihn beschäftigte; auch die emotionale Last, die er trug, war erdrückend.

Vor der Hütte angekommen, atmete er tief ein. Elysia war eine weise Frau, deren Wissen über die Natur und ihre Geheimnisse legendär war. Sie hatte ihn oft gelehrt, dass die Verbindung zwischen Mensch und Tier tief und heilig war. Doch jetzt, in dieser kritischen Zeit, benötigte er mehr als nur ihr Wissen über Pflanzen und Heilkräuter. Er suchte nach Antworten auf die quälenden Fragen, die ihn bedrängten.

"Kaelan, mein Junge", begrüßte Elysia ihn mit einem warmen Lächeln, das sofort seine Sorgen zu lindern schien. "Was führt dich in diese späte Stunde zu mir?" Ihre Stimme war sanft, aber durchdringend, und sie spürte sofort, dass etwas nicht stimmte.

"Elysia, ich... ich weiß nicht, wo ich anfangen soll", stammelte Kaelan, während er den Blick senkte. "Liora ist verletzt, und ich fühle mich so hilflos. Ich habe Angst, dass ich nicht genug tue, um sie zu schützen. Und dann ist da noch Valerius..."

"Valerius ist ein Schatten, der über uns schwebt, ja", unterbrach sie ihn, ihre Augen funkelten vor Verständnis. "Aber du bist nicht allein in diesem Kampf. Du hast die Kraft der Natur an deiner Seite, und du musst lernen, diese Kraft zu nutzen."

Kaelan nickte, doch der Zweifel nagte weiter an ihm. "Ich fühle mich, als würde ich versagen. Liora braucht mich, und die Dorfbewohner... sie verlassen sich auf mich. Was, wenn ich nicht stark genug bin?"

Elysia trat näher, ihre Hand legte sich beruhigend auf seine Schulter. "Stärke kommt nicht nur von körperlicher Kraft, Kaelan. Sie kommt von der Fähigkeit, sich seinen Ängsten zu stellen und Verantwortung zu übernehmen. Du hast bereits bewiesen, dass du für Liora kämpfst. Das ist der erste Schritt."

"Aber was ist, wenn ich alles verliere? Was ist, wenn ich nicht in der Lage bin, sie zu retten oder das Dorf zu beschützen?" Seine Stimme war brüchig, und er konnte die Tränen kaum zurückhalten.

"Jeder von uns hat Angst, Kaelan. Aber es ist wichtig, dass du deine Angst anerkennst und sie nicht zulässt, dass sie dich lähmt. Du bist Teil dieser Gemeinschaft, und die Dorfbewohner sehen in dir einen Anführer. Deine Verbindung zu Liora ist nicht nur eine persönliche; sie symbolisiert auch die Hoffnung für alle."

Die Worte Elysias drangen tief in sein Herz ein. Er erinnerte sich an die Momente, in denen er Liora gepflegt hatte, an die zarte Bindung, die zwischen ihnen gewachsen war. "Du hast recht", flüsterte er, während er sich aufrichtete. "Ich muss für sie kämpfen, nicht nur für mich selbst, sondern für alle, die hier leben."

Elysia lächelte, und in ihren Augen lag ein Funkeln des Stolzes. "Das ist der Geist, den wir brauchen. Du bist stärker, als du denkst. Lass die Natur dir den Weg zeigen. Die Verbindung zwischen Mensch und Tier ist eine mächtige Kraft. Nutze sie."

Kaelan fühlte, wie eine Welle der Entschlossenheit durch ihn hindurchfloss. Elysias Worte hatten ihn berührt und ihm die Klarheit gegeben, die er so dringend benötigte. "Ich werde alles tun, um Liora zu schützen und unser Dorf zu verteidigen. Ich kann nicht zulassen, dass Valerius uns zerstört."

"Und du wirst nicht allein sein", fügte Elysia hinzu. "Die Dorfbewohner werden sich zusammenschließen, und du wirst sie führen. Aber vergiss nicht, dass du auch auf die Unterstützung der Natur zählen kannst. Sie wird dir helfen, wenn du sie darum bittest."

Mit einem neuen Gefühl der Hoffnung und Entschlossenheit verließ Kaelan die Hütte. Der Weg zurück zum Dorf war nun klarer, und er wusste, dass er bereit war, sich den Herausforderungen zu stellen, die vor ihm lagen. Die Verbindung zu Liora und die Unterstützung von Elysia waren die beiden Säulen, auf denen er sein weiteres Handeln aufbauen würde. In seinem Herzen brannte das Feuer des Widerstands, und er war entschlossen, es zu entfachen.

4.2 Elysias geheimes Wissen über die Natur entfaltet sich

Ein sanfter, süßlicher Duft lag in der Luft, während Kaelan und Elysia im Schatten der ehrwürdigen Bäume verweilten. Die Strahlen der Nachmittagssonne drangen durch das Blätterdach und zauberten ein faszinierendes Spiel aus Licht und Schatten auf den Waldboden. Elysia, deren silbernes Haar im Wind tanzte, schaute in die Ferne, als könnte sie die Geheimnisse der Natur entschlüsseln, die in den Wurzeln und Ästen verborgen lagen.

"Kaelan," begann sie mit einer Stimme, die so sanft war wie das Rascheln der Blätter, "die Natur ist nicht bloß eine Ansammlung von Pflanzen und Tieren. Sie ist ein lebendiges Wesen, ein Netz aus Beziehungen, das alles miteinander verbindet. Jedes Lebewesen hat seine Rolle, und wenn diese Balance gestört wird, leidet alles."

Kaelan hörte aufmerksam zu, während Elysia fortfuhr. "Du hast Liora gefunden, und damit hast du nicht nur ein verletztes Tier gerettet, sondern auch einen Teil des Gleichgewichts der Natur wiederhergestellt. Ihr beide seid miteinander verbunden, mehr als du dir vorstellen kannst. Deine Empathie für sie spiegelt die tiefe Verbindung wider, die wir alle zur Natur haben sollten."

Diese Worte hallten in Kaelans Herzen wider. Er dachte an die Schmerzen, die er in Liora gesehen hatte, und an die Hoffnung, die sie ihm gegeben hatte. "Aber was ist mit Valerius? Er will diese Balance zerstören, um seine Macht zu vergrößern. Wie können wir uns gegen ihn wehren, wenn er die Natur selbst angreift?"

Elysia nickte, ihre Augen funkelten vor Weisheit. "Valerius ist ein Produkt seiner eigenen Gier und seines Unverständnisses. Er sieht die Natur nicht als Partner, sondern als Ressource, die es auszubeuten gilt. Doch die Dorfbewohner sind nicht machtlos. Wenn sie erkennen, dass ihre Stärke in der Einheit mit der Natur liegt, können sie sich gegen ihn erheben."

"Aber wie?" fragte Kaelan, der immer noch Zweifel hatte. "Wie können wir diese Erkenntnis in die Tat umsetzen?"

"Indem du ihnen zeigst, was du gelernt hast. Indem du ihnen die Schönheit und die Wunder der Natur näherbringst. Lass sie sehen, dass die Pflanzen, die sie nutzen, und die Tiere, die sie beschützen, Teil eines größeren Ganzen sind. Wenn sie verstehen, dass ihr Überleben untrennbar mit der Gesundheit der Natur verbunden ist, werden sie bereit sein, für sie zu kämpfen."

Kaelan fühlte, wie sich ein Funke der Entschlossenheit in ihm entzündete. Elysias Worte waren wie der frische Wind, der durch die Bäume strich und neues Leben in die geschundenen Äste brachte. "Ich werde mein Bestes tun, um die Dorfbewohner zu erreichen. Aber ich habe Angst, dass sie nicht hören werden."

"Angst ist eine natürliche Reaktion, Kaelan. Aber erinnere dich daran, dass Veränderung oft in kleinen Schritten beginnt. Du hast bereits einen großen Schritt gemacht, indem du Liora gerettet hast. Lass die Dorfbewohner sehen, wie stark die Verbindung zwischen Mensch und Tier ist. Lass sie die Heilung erleben, die aus dieser Beziehung erwächst."

In diesem Moment spürte Kaelan eine Welle der Hoffnung. Elysia hatte recht. Es war an der Zeit, dass die Dorfbewohner lernten, ihre Welt zu schätzen und zu schützen. "Ich werde sie lehren, die Pflanzen zu respektieren und die Tiere zu schützen. Wir müssen zusammenarbeiten, um Eldoria zu retten."

Elysia lächelte, und in ihren Augen lag ein Glanz des Stolzes. "Das ist der Geist, den wir brauchen. Wenn du mit Liebe und Respekt an die Sache herangehst, wirst du die Herzen der Menschen erreichen. Und wenn sie sich vereinen, wird Valerius nicht mehr in der Lage sein, sie zu unterdrücken."

Kaelan fühlte sich gestärkt durch Elysias Worte. Die Verbindung zwischen Mensch und Natur war nicht nur eine philosophische Idee; sie war die Grundlage für das Überleben seiner Gemeinschaft. Während sie dort im Schatten der Bäume saßen, wurde ihm klar, dass er nicht nur für Liora kämpfte, sondern für die gesamte Dorfgemeinschaft. Diese Erkenntnis erfüllte ihn mit einer neuen Entschlossenheit, die er zuvor nicht gekannt hatte.

"Ich werde alles tun, um Eldoria zu schützen," versprach er, seine Stimme fest und klar. "Ich werde die Dorfbewohner versammeln und ihnen zeigen, was wir verlieren könnten, wenn wir nicht für die Natur kämpfen."

"Und ich werde an deiner Seite stehen, Kaelan," sagte Elysia mit einem warmen Lächeln. "Gemeinsam werden wir die Balance wiederherstellen und die Dorfbewohner daran erinnern, dass sie Teil dieses wundervollen Netzwerks sind."

Mit einem Gefühl der Hoffnung und der Entschlossenheit verließen sie den Wald, bereit, die Herausforderungen, die vor ihnen lagen, anzunehmen. Die Verbindung zwischen Mensch und Tier war nicht nur ein Geheimnis der Natur, sondern der Schlüssel zur Rettung ihrer Welt.

4.3 Die tiefere Verbindung zwischen Mensch und Tier

Umgeben von der stillen Pracht des Waldes, in dem die sanften Melodien der Natur ein harmonisches Lied sangen, saß Kaelan auf einem mit Moos bedeckten Stein und beobachtete Liora, die majestätische Löwin, deren Verletzung er geheilt hatte. Ihre Augen funkelten im warmen Licht der untergehenden Sonne, und in diesem Augenblick wurde ihm die Tiefe ihrer Verbindung bewusst. Es war mehr als eine bloße Bindung zwischen Mensch und Tier; es war eine Symbiose, die das Herz seiner Seele berührte. Liora war für ihn zu weit mehr als nur einem Tier geworden; sie war ein Teil seiner Identität, ein lebendiges Symbol für Hoffnung und Widerstand.

Elysia, die weise Mentorin, hatte oft über diese besondere Verbindung gesprochen. "Es ist eine Verantwortung, die wir tragen müssen", hatte sie gesagt, ihre Stimme klang wie das sanfte Rauschen der Blätter im Wind. "Die Verbindung zwischen Mensch und Tier ist nicht nur eine Quelle der Stärke, sondern auch ein Zeichen unserer Verpflichtung zur Natur. Wir sind die Hüter dieser Welt." Kaelan dachte an ihre Worte und spürte, wie sich eine Welle der Entschlossenheit in ihm regte. Er wusste, dass die Herausforderungen, die vor ihm lagen, nicht nur ihn, sondern auch Liora und das gesamte Dorf betreffen würden.

Die Bedrohung durch Valerius schwebte wie ein dunkler Schatten über Eldoria. Kaelan erinnerte sich an die Geschichten, die die Dorfbewohner über den tyrannischen Landbesitzer erzählt hatten – Geschichten von Grausamkeit und Unterdrückung. Doch inmitten dieser Dunkelheit hatte er Liora, die ihn daran erinnerte, dass selbst in den schwierigsten Zeiten Hoffnung existieren konnte. Ihre Präsenz gab ihm Kraft, und er fühlte sich verpflichtet, nicht nur für sie, sondern auch für alle Dorfbewohner zu kämpfen.

"Wir sind nicht allein", flüsterte Kaelan, während er Liora sanft streichelte. Ihre Schnauze drückte sich gegen seine Hand, und in diesem Moment verstand er, dass ihre Verbindung nicht nur eine emotionale war, sondern auch eine spirituelle. Sie waren zusammen gewachsen, hatten zusammen gelitten und zusammen geheilt. Diese Erkenntnis erfüllte ihn mit einer tiefen Entschlossenheit, die über seine eigenen Ängste hinausging. Er war bereit, für das zu kämpfen, was er liebte, und er wusste, dass Liora an seiner Seite stehen würde.

Die Erinnerungen an die Verletzungen, die sie beide erlitten hatten, wurden von einer neuen Klarheit durchzogen. Kaelan erkannte, dass Schmerz und Hoffnung untrennbar miteinander verbunden waren. In der Dunkelheit fand er Licht, und in der Trauer entdeckte er die Kraft, die in der Gemeinschaft lag. Elysias Lehren hallten in seinem Geist wider, während er sich auf die bevorstehenden Herausforderungen vorbereitete. "Die Natur wird uns führen", hatte sie gesagt. "Vertraue auf die Verbindung, die du mit ihr hast."

Kaelan erhob sich und blickte in die Ferne, wo die ersten Sterne am Himmel erschienen. Ein Gefühl der Vorahnung überkam ihn, als er an die bevorstehenden Kämpfe dachte. Valerius würde nicht kampflos aufgeben, und die Dorfbewohner mussten sich vereinen, um ihre Freiheit zu verteidigen. Doch in diesem Moment, umgeben von der Schönheit des Waldes und der Kraft von Liora, fühlte er sich bereit. Bereit, die Verantwortung zu übernehmen, die ihm auferlegt worden war, und bereit, für die Hoffnung zu kämpfen, die er in seinem Herzen trug.

Die Verbindung zwischen Mensch und Tier war nicht nur eine Quelle der Stärke, sondern auch ein Aufruf zum Handeln. Kaelan wusste, dass er die Dorfbewohner mobilisieren musste, dass er sie inspirieren musste, sich gegen die Tyrannei zu erheben. "Gemeinsam sind wir stark", murmelte er, während er Liora anblickte. "Gemeinsam können wir die Dunkelheit besiegen."

Mit einem letzten Blick auf die schimmernden Sterne, die wie ein Versprechen am Himmel leuchteten, machte sich Kaelan auf den Weg zurück ins Dorf. Die Zeit war gekommen, die Dorfbewohner zu versammeln und ihnen die Wahrheit über die Verbindung zwischen Mensch und Tier zu offenbaren. Denn in dieser Wahrheit lag die Kraft, die sie benötigten, um sich gegen Valerius zu behaupten. Und während die Nacht hereinbrach, war er sich sicher, dass die kommenden Tage entscheidend sein würden – nicht nur für ihn, sondern für alle, die in Eldoria lebten.

5
Tamsin – Die unerschütterliche Rebellin

5.1 Tamsins brennende Leidenschaft für Freiheit entfaltet sich

In den sanften Hügeln und dichten Wäldern von Eldoria, wo das Leben in einer harmonischen Idylle blühte, war Tamsin ein leuchtendes Feuer in der Dunkelheit. Ihre Augen strahlten wie funkelnde Sterne am Nachthimmel, erfüllt von unbändiger Leidenschaft und unerschütterlicher Entschlossenheit. Sie war weit mehr als eine gewöhnliche Dorfbewohnerin; sie war eine Rebellin, bereit, für ihre Überzeugungen zu kämpfen. Ihr fester Glaube an die Freiheit trieb sie voran, während die Schatten des tyrannischen Landbesitzers Valerius über das Dorf fielen.

Tamsin hatte nie gezögert, ihre Stimme zu erheben. Sie war sich bewusst, dass die Dorfbewohner in der Vergangenheit oft unter dem Joch der Unterdrückung gelitten hatten, und sie war fest entschlossen, dies zu ändern. An einem klaren Morgen, als die Sonne über den Bergen aufstieg und die ersten Strahlen das Dorf erhellten, versammelte sie die Dorfbewohner auf dem Marktplatz. Ihre Stimme hallte stark und klar durch die Luft: "Wir dürfen uns nicht länger verstecken! Valerius denkt, er kann uns einschüchtern, aber wir sind mehr als nur seine Untertanen!"

Die Menge war zunächst zögerlich, doch Tamsins leidenschaftliche Worte begannen, ihre Herzen zu entflammen. Sie sprach von Freiheit, von der Schönheit der Natur, die sie umgab, und von der Verantwortung, die jeder Einzelne trug, um diese zu schützen. "Wenn wir jetzt nicht zusammenstehen, wird Valerius alles nehmen, was wir lieben! Unsere Heimat, unsere Familien, unsere Freiheit! Wir müssen uns wehren!"

Mit jedem Satz, den sie sprach, wuchs die Energie in der Menge. Die Dorfbewohner begannen, sich zu erheben, ihre Gesichter leuchteten vor Entschlossenheit. Tamsin war nicht nur eine Anführerin; sie war das Herz der Rebellion, das Symbol für den Widerstand gegen die Tyrannei. Ihre Leidenschaft war ansteckend, und bald riefen die Menschen im Chor: "Für Eldoria! Für unsere Freiheit!"

Doch während Tamsin die Flamme der Hoffnung entfachte, wusste sie, dass die Herausforderungen, die vor ihnen lagen, gewaltig waren. Valerius war nicht nur ein einfacher Landbesitzer; er war ein Mann, der bereit war, alles zu tun, um seine Macht zu erhalten. Seine Methoden waren skrupellos, und die Dorfbewohner mussten sich auf einen langen und gefährlichen Kampf vorbereiten. Tamsin fühlte die Schwere dieser Verantwortung auf ihren Schultern, doch sie ließ sich nicht entmutigen. "Wir werden nicht aufgeben", flüsterte sie leise zu sich selbst, während sie in die Menge blickte, die ihr Vertrauen schenkte.

Inmitten dieser aufkommenden Rebellion entwickelte sich auch eine zarte Verbindung zwischen Tamsin und Kaelan, dem jungen Botaniker, der sich um das verletzte Löwenbaby kümmerte. Er war ein stiller Beobachter, dessen Empathie für die Natur und die Kreaturen, die darin lebten, ihn zu einem Verbündeten machte. Tamsin hatte Kaelan schon immer bewundert, nicht nur wegen seiner Fähigkeiten, sondern auch wegen seiner tiefen Verbundenheit zur Natur. Sie spürte, dass er, genau wie sie, für die Freiheit kämpfen wollte, und das schuf eine besondere Verbindung zwischen ihnen.

"Kaelan", sagte sie eines Tages, als sie sich am Rand des Waldes trafen, "wir müssen zusammenarbeiten. Deine Kenntnisse über die Pflanzen und meine Leidenschaft für den Widerstand können uns helfen, Valerius zu besiegen." Kaelan nickte, seine grünen Augen funkelten vor Entschlossenheit. "Ich werde alles tun, was nötig ist, um unser Dorf zu schützen", antwortete er, und in diesem Moment wussten beide, dass sie gemeinsam stark waren.

Die Vorbereitungen für den Widerstand nahmen Form an, und Tamsin wurde zu einer Führungsfigur, die die Dorfbewohner inspirierte. Sie organisierte Treffen, plante Strategien und sprach mit jedem, um sicherzustellen, dass jeder wusste, was auf dem Spiel stand. Ihre Leidenschaft und ihr Mut waren ansteckend, und bald war das gesamte Dorf bereit, sich gegen Valerius zu erheben.

Doch die Gefahr lauerte bereits in den Schatten. Valerius hatte Wind von den Plänen der Dorfbewohner bekommen und bereitete sich darauf vor, seine Macht zu demonstrieren. Tamsin spürte die drohende Bedrohung, aber sie ließ sich nicht einschüchtern. Sie wusste, dass der Kampf um Freiheit nicht leicht sein würde, aber sie war bereit, alles zu riskieren. "Für Eldoria", murmelte sie, während sie in die Ferne blickte, die aufkommenden Wolken betrachtend, die den Himmel verdunkelten.

Die Zeit des Wartens war vorbei. Tamsin war entschlossen, ihre Leidenschaft für Freiheit in einen kraftvollen Aufstand zu verwandeln. Der Sturm der Rebellion braute sich zusammen, und sie war bereit, an der Spitze zu stehen, die Flamme der Hoffnung in ihren Händen haltend, während die Dorfbewohner hinter ihr standen, vereint in ihrem Streben nach Freiheit.

5.2 Ihre ersten Konflikte mit Valerius eskalieren

Der Marktplatz von Eldoria pulsierte an diesem Tag vor Leben, doch die fröhlichen Stimmen der Dorfbewohner wurden von einem düsteren Schatten überschattet. Tamsin erhob sich auf einer kleinen Erhöhung, umgeben von den neugierigen Blicken ihrer Nachbarn. Ihr Herz raste, als sie Valerius entdeckte, der mit seinen Handlangern in der Nähe verweilte. Der tyrannische Landbesitzer war erschienen, und seine Anwesenheit brachte ein Gefühl der Beklemmung mit sich, das die Luft schwer machte.

Tamsin wusste, dass sie handeln musste. Sie konnte nicht länger tatenlos zusehen, wie Valerius das Dorf bedrohte und die Natur, die sie so innig liebte, ausbeutete. Mit fester Stimme trat sie vor die versammelten Dorfbewohner und rief: "Wir dürfen nicht zulassen, dass Valerius unsere Heimat zerstört! Er plant, die Wälder abzuholzen und unsere Felder zu ruinieren! Wir müssen uns wehren!"

Die Menge murmelte zustimmend, doch Tamsin spürte die Angst, die in den Gesichtern ihrer Nachbarn geschrieben stand. Sie wusste, dass viele von ihnen Zweifel hegten. Valerius war mächtig, und seine Methoden waren brutal. Doch Tamsin war entschlossen, den ersten Schritt zu wagen. Sie wollte nicht nur für sich selbst kämpfen, sondern für alle, die in Eldoria lebten.

"Wenn wir jetzt nicht handeln, wird es zu spät sein! Wir müssen zusammenstehen und ihm zeigen, dass wir uns nicht einschüchtern lassen!" Ihre Worte hallten durch den Marktplatz, und ein Funke des Mutes begann, in den Herzen der Dorfbewohner zu brennen. Doch während sie sprach, spürte sie Valerius' kalten Blick auf sich ruhen. Er hatte sich von seiner Gruppe gelöst und näherte sich ihr mit einem gefährlichen Lächeln.

"Ah, die kleine Rebellin", sagte Valerius mit einem spöttischen Tonfall. "Denkst du wirklich, dass du mit deinen leeren Worten etwas bewirken kannst? Ihr seid nichts ohne meine Gnade. Ihr braucht mich, um zu überleben." Seine Stimme war schneidend, und Tamsin fühlte, wie die Kälte seiner Worte sie durchdrang.

"Wir brauchen deine Tyrannei nicht, Valerius! Wir sind stark genug, um für unsere Freiheit zu kämpfen!" Tamsin spürte, wie ihre Wut in ihr aufstieg. Sie wusste, dass sie nicht zurückweichen durfte, auch wenn die Gefahr unmittelbar war. Valerius' Augen verengten sich, und ein gefährliches Funkeln blitzte darin auf.

"Du überschätzt dich, Tamsin. Du wirst sehen, was passiert, wenn du dich gegen mich stellst." Er wandte sich ab, doch Tamsin bemerkte die drohende Bedrohung in seiner Haltung. Es war klar, dass Valerius nicht nur Worte machte; er würde alles tun, um seine Macht zu erhalten.

Die Menge war still geworden, und Tamsin spürte die Anspannung in der Luft. Sie wusste, dass sie einen gefährlichen Weg eingeschlagen hatte, aber der Gedanke, ihre Heimat und die Menschen, die sie liebte, zu verlieren, war unerträglich. "Wir müssen uns vereinen! Lasst uns gemeinsam für unsere Freiheit kämpfen!", rief sie erneut, und dieses Mal war ihre Stimme fester, durchdrungen von Entschlossenheit.

Einige Dorfbewohner begannen, sich zu erheben, ihre Gesichter zeigten Entschlossenheit. Doch Tamsin wusste, dass die Herausforderung, die vor ihnen lag, gewaltig war. Valerius würde nicht einfach aufgeben. Die Spannungen zwischen ihnen würden nur wachsen, und sie musste bereit sein, die Konsequenzen ihres Widerstands zu tragen.

Als die Menge langsam zu murmeln begann, spürte Tamsin eine Mischung aus Angst und Hoffnung. Sie wusste, dass sie nicht allein war. In diesem Moment sah sie Kaelan am Rand des Marktplatzes stehen, seine Augen voller Unterstützung. Diese Verbindung gab ihr den Mut, weiterzumachen, auch wenn die Dunkelheit der Unsicherheit sie umgab.

"Lasst uns für unsere Zukunft kämpfen!", rief sie, und die Dorfbewohner antworteten mit einem gemeinsamen Aufschrei. Tamsin wusste, dass dies erst der Anfang war. Der Widerstand gegen Valerius würde nicht einfach sein, aber sie war bereit, alles zu riskieren. In ihrem Herzen brannte das Feuer des Mutes, und sie war entschlossen, es bis zum Ende zu tragen.

5.3 Eine schicksalhafte Begegnung mit Kaelan

Die Dämmerung legte einen sanften Schleier über Eldoria, während der Himmel in leuchtenden Farben erglühte und die letzten Sonnenstrahlen durch das Blätterdach tanzten. Tamsin stand am Rand des Dorfes, ihre Augen fest auf den Horizont gerichtet, wo die Silhouetten der Berge sich dramatisch gegen das Licht abzeichneten. In ihrem Inneren brodelte eine explosive Mischung aus Wut und Entschlossenheit. Valerius' tyrannische Herrschaft hatte das Dorf in Angst und Schrecken versetzt, und sie wusste, dass der Moment gekommen war, um sich zu erheben.

Plötzlich durchbrach ein Rascheln hinter ihr die Stille. Als sie sich umdrehte, erblickte sie Kaelan, der mit besorgtem Ausdruck näher trat. Sein dunkles Haar fiel ihm ins Gesicht, und die grünen Augen, die oft von einer tiefen Verbundenheit zur Natur zeugten, funkelten jetzt vor Entschlossenheit. "Tamsin," begann er, "wir müssen reden."

Die Anspannung zwischen ihnen war greifbar, als sie sich gegenüberstanden. Tamsin spürte, wie ihr Herz schneller schlug. Sie hatten viel miteinander geteilt, doch in diesem Moment schien die Luft zwischen ihnen zu knistern, als ob die Welt um sie herum für einen Augenblick stillstand. "Ich weiß, dass du für das kämpfst, was richtig ist," sagte Kaelan, seine Stimme fest und klar. "Aber wir müssen zusammenarbeiten, wenn wir Valerius besiegen wollen."

Tamsin nickte, und in diesem einfachen Akt lag eine tiefe Bedeutung. Sie spürte, dass ihre Schicksale untrennbar miteinander verbunden waren. "Ich bin bereit, alles zu riskieren," antwortete sie, ihre Stimme fest. "Wir müssen die Dorfbewohner mobilisieren, sie müssen verstehen, dass wir nicht länger in Angst leben können."

Kaelan trat einen Schritt näher, und die Chemie zwischen ihnen wurde intensiver. "Ich habe Liora bei mir," sagte er leise. "Sie wird uns helfen. Ihre Stärke kann das Blatt wenden." Die Erwähnung des Löwenbabys ließ Tamsins Herz höher schlagen. Liora war nicht nur ein Tier; sie war ein Symbol für Hoffnung und Widerstand. In diesem Moment wurde Tamsin klar, dass ihre gemeinsame Mission weit über den Kampf gegen Valerius hinausging. Es war ein Kampf um Freiheit, um die Seele ihres Dorfes.

"Lass uns einen Plan schmieden," schlug Tamsin vor, und Kaelan stimmte zu. Gemeinsam begaben sie sich in den Wald, wo die Schatten der Bäume sie schützten. Die Dunkelheit umhüllte sie, während sie ihre Strategien entwarfen, und jeder Satz, den sie austauschten, verstärkte die Verbindung zwischen ihnen. Es war, als ob die Natur selbst sie unterstützte, ihre Stimmen wurden eins mit dem Rascheln der Blätter und dem Flüstern des Windes.

Während sie planten, spürte Tamsin, wie eine Welle der Zuversicht sie durchströmte. Kaelan war nicht nur ein Botaniker; er war ein Kämpfer, und zusammen würden sie die Dorfbewohner inspirieren, sich gegen die Tyrannei zu erheben. "Wir sind stärker, wenn wir vereint sind," sagte sie und sah ihm in die Augen. "Gemeinsam können wir Valerius besiegen."

Kaelan lächelte, und in diesem Moment wusste Tamsin, dass sie nicht allein war. Ihre Herzen schlugen im Einklang, und die Möglichkeit eines gemeinsamen Kampfes schien greifbar. "Wir werden nicht aufgeben," versprach er. "Für Liora, für Eldoria, für uns."

Die Dunkelheit um sie herum schien weniger bedrohlich, als sie ihre Köpfe zusammensteckten und ihre Pläne ausarbeiteten. Tamsin fühlte sich lebendig, als sie über die Möglichkeiten sprach, die vor ihnen lagen. In dieser Nacht, unter dem Sternenhimmel, der über Eldoria leuchtete, entstand eine neue Hoffnung. Es war nicht nur der Beginn eines Kampfes; es war der Beginn einer tiefen Verbindung zwischen zwei Seelen, die bereit waren, alles zu riskieren.

Als sie schließlich aufbrachen, um die Dorfbewohner zu mobilisieren, spürte Tamsin, dass etwas Großes im Gange war. Die Zukunft lag vor ihnen, voller Herausforderungen, aber auch voller Möglichkeiten. Ihre Herzen waren vereint in einem gemeinsamen Ziel, und die Vorahnung eines bevorstehenden Wandels erfüllte die Luft mit einem Hauch von Magie. Gemeinsam würden sie die Dunkelheit besiegen und das Licht der Freiheit zurück nach Eldoria bringen.

6
Freundschaft im Angesicht der Gefahr

6.1 Kaelan und Tamsin entwickeln eine tiefe Verbindung

Als die Dämmerung über Eldoria hereinbrach, trafen sich Kaelan und Tamsin in der kleinen Lichtung am Waldrand. Die Luft war durchzogen von den süßen Düften blühender Pflanzen, die Kaelan bestens vertraut waren. Doch heute war es nicht nur die Natur, die ihn anzog; es war Tamsins Präsenz, die wie ein Lichtstrahl in sein Leben trat. Ihre Augen funkelten im schwindenden Licht, und Kaelan spürte, wie sein Herz schneller schlug, als sie sich näherkamen.

"Hast du darüber nachgedacht, was wir tun müssen?" fragte Tamsin, ihre Stimme fest und entschlossen. Sie hatte die Furcht in den Gesichtern der Dorfbewohner gesehen, die unter Valerius' Bedrohung litten, und sie wusste, dass sie handeln mussten. Kaelan nickte, seine Gedanken wirbelten. "Ja, ich habe darüber nachgedacht. Wir müssen die Dorfbewohner vereinen, ihnen zeigen, dass wir nicht allein sind."

Die Gespräche zwischen ihnen waren von einer emotionalen Tiefe geprägt, die weit über das hinausging, was sie je zuvor geteilt hatten. In diesen Momenten, während sie über Freiheit und Gerechtigkeit sprachen, wuchs eine Verbindung zwischen ihnen, die sowohl romantisch als auch kämpferisch war. Es war eine Freundschaft, die auf gemeinsamen Werten basierte und die Kraft hatte, sie durch die kommenden Herausforderungen zu tragen.

"Wir können nicht zulassen, dass Valerius uns trennt," fuhr Tamsin fort, ihre Augen brannten vor Leidenschaft. "Er denkt, er kann uns einschüchtern, aber wir müssen ihm zeigen, dass wir bereit sind zu kämpfen." Kaelan fühlte sich von ihrer Entschlossenheit mitgerissen. Tamsin war nicht nur eine Rebellin; sie war eine Quelle der Inspiration, die ihn antrieb, seine eigenen Ängste zu überwinden.

"Ich weiß, dass es gefährlich ist," sagte Kaelan leise, "aber ich kann nicht einfach zusehen, wie unser Dorf leidet. Liora..." Er hielt inne, als er an den Löwen dachte, den er gerettet hatte. "Sie ist ein Symbol für unseren Widerstand. Wenn wir sie an unserer Seite haben, könnten wir die Dorfbewohner überzeugen, sich uns anzuschließen."

Tamsin lächelte und legte eine Hand auf seine Schulter. "Liora wird uns helfen, das ist sicher. Aber wir müssen auch selbst stark sein. Lass uns einen Plan schmieden, um die anderen zu mobilisieren. Wir müssen sie daran erinnern, was auf dem Spiel steht."

In diesem Moment spürte Kaelan, wie sich eine Welle der Entschlossenheit in ihm regte. Tamsins Nähe gab ihm Kraft, und er wusste, dass sie gemeinsam etwas bewirken konnten. "Lass uns morgen früh mit den anderen sprechen. Wir werden sie versammeln und ihnen unsere Pläne vorstellen."

"Ja, und wir werden sie nicht nur überzeugen, sondern auch inspirieren," antwortete Tamsin, ihre Stimme voller Überzeugung. "Wir müssen ihnen zeigen, dass wir zusammenstehen können, dass wir für unsere Freiheit kämpfen können."

Als die Dunkelheit über den Wald hereinbrach, fühlte Kaelan, wie die Angst, die ihn oft geplagt hatte, langsam schwand. Die Verbindung zu Tamsin, die sich in diesen Gesprächen vertiefte, half ihm, seine innere Unruhe zu besiegen. Er wusste, dass sie nicht nur für sich selbst kämpften, sondern für die gesamte Gemeinschaft von Eldoria.

"Wir sind nicht allein, Kaelan," flüsterte Tamsin, als sie sich voneinander lösten. "Gemeinsam sind wir stark." Diese Worte hallten in seinem Herzen wider, und er wusste, dass sie auf dem richtigen Weg waren. Sie hatten nicht nur eine gemeinsame Leidenschaft für Freiheit und Gerechtigkeit, sondern auch eine tiefe Freundschaft, die sie in den kommenden Kämpfen stärken würde.

In der Stille der Nacht, umgeben von den Geräuschen des Waldes, fühlte Kaelan eine neue Hoffnung aufkeimen. Er wusste, dass der Kampf gegen Valerius hart werden würde, aber mit Tamsin an seiner Seite fühlte er sich bereit, alles zu riskieren. Ihre Verbindung war mehr als nur Freundschaft; sie war das Fundament ihres Widerstands und der Schlüssel zu ihrem gemeinsamen Erfolg.

Als sie sich trennten, um in die Nacht zurückzukehren, wusste Kaelan, dass er nicht nur für sein Dorf kämpfte, sondern auch für die Zukunft, die er sich mit Tamsin erträumte. Ein Leben in Freiheit, wo sie gemeinsam für das kämpfen konnten, was ihnen wichtig war. Und während er in die Dunkelheit schritt, fühlte er sich stärker denn je.

6.2 Gemeinsame Ziele im Kampf gegen Valerius

Die Dämmerung legte sich sanft über Eldoria, als Kaelan und Tamsin sich in der kleinen Lichtung trafen, umgeben von schützenden Bäumen. Die Luft war durchzogen von der süßen Melodie der Natur, doch in ihren Herzen loderte ein unbezwingbares Feuer der Entschlossenheit. Sie hatten erkannt, dass der Moment gekommen war, sich gegen Valerius zu erheben. Während sie nebeneinander standen, spürten sie das Gewicht der Verantwortung, das auf ihren Schultern lastete.

"Wir müssen die Dorfbewohner versammeln", sagte Tamsin mit fester Stimme, ihre Augen funkelten vor Leidenschaft. "Wenn wir zusammenarbeiten, können wir Valerius zeigen, dass wir nicht länger seine Unterdrückung akzeptieren werden." Kaelan nickte zustimmend, doch in seinem Inneren kämpfte er mit Zweifeln. Die Erinnerungen an die Verletzungen, die Liora erlitten hatte, und die Schrecken, die Valerius bereits über das Dorf gebracht hatte, schienen ihn zu erdrücken.

"Was, wenn sie nicht bereit sind? Was, wenn sie Angst haben?" fragte Kaelan leise, seine Stimme kaum mehr als ein Flüstern. Tamsin drehte sich zu ihm um, ihre Entschlossenheit strahlte wie ein Licht in der Dunkelheit. "Genau das ist der Punkt, Kaelan. Wir müssen ihnen zeigen, dass es Hoffnung gibt, dass wir für unsere Freiheit kämpfen können. Liora ist unser Symbol, und wir müssen ihr Beispiel folgen."

In diesem Moment fühlte Kaelan, wie die Wellen des Zweifels in ihm zurückgedrängt wurden. Er dachte an die Zeit, die er mit Liora verbracht hatte, an die Stärke, die sie ihm gegeben hatte, und an die Lektionen, die er aus ihrer Verletzlichkeit gelernt hatte. "Du hast recht", gestand er. "Wir müssen einen Plan schmieden. Etwas, das die Dorfbewohner inspiriert und ihnen zeigt, dass wir zusammen stark sind."

Gemeinsam begannen sie, Ideen zu sammeln. Tamsin schlug vor, eine Versammlung im Dorfzentrum abzuhalten, um alle Dorfbewohner zu erreichen. "Wir sollten ihnen von Valerius' Plänen erzählen und sie daran erinnern, was auf dem Spiel steht. Wenn wir uns vereinen, können wir ihm entgegentreten", erklärte sie leidenschaftlich. Kaelan war beeindruckt von ihrer Fähigkeit, andere zu motivieren, und fühlte, wie seine eigene Entschlossenheit wuchs.

"Wir könnten auch die älteren Dorfbewohner einbeziehen", fügte Kaelan hinzu. "Sie haben Geschichten über den Widerstand gegen Tyrannei, die uns helfen könnten, unsere Gemeinschaft zu stärken." Tamsin nickte, und ein Funkeln der Hoffnung blühte in ihren Augen auf. "Ja! Ihre Erfahrungen könnten uns wertvolle Einblicke geben. Wir müssen sie einbeziehen und ihre Weisheit nutzen."

Die beiden arbeiteten unermüdlich, während die Nacht über Eldoria hereinbrach. Sie skizzierten Pläne und Strategien, um die Dorfbewohner zu mobilisieren. Jeder Schritt, den sie unternahmen, war ein weiterer Baustein in ihrem gemeinsamen Ziel, Valerius entgegenzutreten. Die Vorstellung, dass sie nicht allein waren, gab ihnen Kraft und Zuversicht.

Als die ersten Sonnenstrahlen den Horizont erhellten, waren Kaelan und Tamsin bereit, ihre Botschaft zu verbreiten. Sie hatten eine Versammlung einberufen, und die Dorfbewohner würden sich versammeln, um zu hören, was sie zu sagen hatten. "Es wird nicht einfach sein", warnte Tamsin, als sie sich auf den Weg ins Dorf machten. "Aber wir müssen ihnen zeigen, dass der Kampf für unsere Freiheit es wert ist."

Kaelan spürte, wie sich die Entschlossenheit in seiner Brust festigte. "Gemeinsam sind wir stark", sagte er und blickte Tamsin an. "Und wir werden nicht aufgeben, bis Valerius besiegt ist." Mit jedem Schritt, den sie in Richtung Dorf machten, fühlten sie die aufkeimende Energie der Gemeinschaft um sich herum. Die Dorfbewohner begannen, sich zu versammeln, und die Gespräche über die bevorstehenden Herausforderungen erfüllten die Luft.

Die Atmosphäre war geladen mit einer Mischung aus Nervosität und Hoffnung. Kaelan und Tamsin standen vor der Menge, und als sie die Gesichter ihrer Nachbarn sahen, spürten sie die Bedeutung ihres Vorhabens. Es war nicht nur ein Kampf gegen Valerius; es war ein Kampf um ihre Identität, um ihre Heimat und um die Zukunft, die sie sich wünschten.

"Wir sind hier, um zu kämpfen!", rief Tamsin, und die Menge begann zu murmeln, als die Worte in ihren Herzen widerhallten. "Lasst uns gemeinsam stehen und für unsere Freiheit kämpfen!" Kaelan fühlte, wie die Energie der Gemeinschaft durch ihn hindurchströmte, und er wusste, dass sie auf dem richtigen Weg waren. In diesem Moment wurde die Bedrohung durch Valerius greifbar, aber so auch die Stärke, die in der Einheit lag.

Die Dorfbewohner begannen, sich zu vereinen, und die wachsende Entschlossenheit in ihren Augen war ein Zeichen dafür, dass der Widerstand gegen Valerius in eine neue Phase eintreten würde. Kaelan und Tamsin hatten den ersten Schritt gemacht, und die Reise, die vor ihnen lag, war sowohl herausfordernd als auch voller Hoffnung. Die Zeit des Handelns war gekommen, und sie waren bereit, alles zu riskieren, um ihre Freiheit zu verteidigen.

6.3 Liora wird zum Symbol ihrer gemeinsamen Hoffnung

Als die ersten Strahlen der Sonne den Horizont von Eldoria küssten, versammelten sich die Dorfbewohner auf dem zentralen Platz des Dorfes. Entschlossenheit prägte ihre Gesichter, während ein Gefühl der Vorfreude wie ein sanfter Wind durch die Menge strömte. Liora, der majestätische Löwe, stand stolz an der Seite von Kaelan und Tamsin; ihr Fell schimmerte im Licht der Morgensonne und spiegelte die Hoffnung der Gemeinschaft wider.

Kaelan blickte in die Augen seiner Mitbürger und spürte, wie ihre Herzen im Einklang schlugen. Die Erinnerungen an die schmerzlichen Verluste und die Kämpfe, die sie gemeinsam durchgestanden hatten, schienen in diesem Moment verblasst zu sein. Liora war nicht mehr nur ein verletztes Tier, das er gerettet hatte; sie war zu einem Symbol geworden, das die Stärke und den Mut der Dorfbewohner verkörperte. Ihr Brüllen hallte durch die Wälder und ließ die Bäume erzittern, als wollte sie die Welt daran erinnern, dass Freiheit nicht nur ein Traum, sondern ein erreichbares Ziel war.

Tamsin trat vor die versammelten Dorfbewohner, ihre Stimme fest und klar. "Wir haben viel verloren, aber wir haben auch viel gewonnen. Liora ist nicht nur unser Beschützer, sondern auch unser Licht in der Dunkelheit. Sie erinnert uns daran, was auf dem Spiel steht. Wir müssen für unsere Freiheit kämpfen!" Ihre Worte wurden von einem kollektiven Murmeln der Zustimmung begleitet, das wie ein kraftvoller Strom durch die Menge floss.

Kaelan fühlte, wie die Emotionen in ihm aufstiegen. Er dachte an all die Momente, in denen er an der Schwelle zur Verzweiflung gestanden hatte, und wie Liora ihm immer wieder Kraft gegeben hatte. Diese Verbindung zwischen Mensch und Tier war nicht nur eine persönliche, sondern auch eine universelle. Sie verband alle, die hier standen, in ihrem Streben nach Gerechtigkeit und Frieden. "Gemeinsam sind wir stark", fügte er hinzu, seine Stimme fest und voller Überzeugung. "Liora ist der Beweis dafür, dass wir niemals aufgeben dürfen."

Die Dorfbewohner nickten, und in ihren Augen funkelte ein neuer Glanz. Es war, als ob Liora ihnen die Kraft gab, die sie benötigten, um sich Valerius entgegenzustellen. Jeder Einzelne fühlte sich in diesem Moment Teil von etwas Größerem, einer Bewegung, die über ihre persönlichen Ängste hinausging. Sie waren nicht mehr nur einfache Dorfbewohner; sie waren Krieger, vereint durch die Hoffnung, die Liora in ihnen entzündet hatte.

In der Ferne war das Geräusch von Hufen zu hören, und die Spannung in der Luft stieg. Valerius würde nicht lange auf sich warten lassen. Doch anstatt Angst zu empfinden, spürten die Dorfbewohner, wie ihre Entschlossenheit wuchs. Sie waren bereit, für ihre Freiheit zu kämpfen, und Liora war ihr Zeichen, ihr Banner, unter dem sie sich versammeln würden.

"Lasst uns zusammenstehen! Lasst uns für unsere Heimat kämpfen!" rief Tamsin, und die Menge brach in einen lauten Jubel aus. Es war ein Moment, der die Herzen aller erfüllte, ein Moment, der in die Geschichte von Eldoria eingehen würde. Sie wussten, dass der bevorstehende Konflikt nicht einfach sein würde, aber sie waren entschlossen, sich dem zu stellen. Liora würde an ihrer Seite kämpfen, und mit ihr würden sie die Dunkelheit vertreiben.

Kaelan spürte, wie sich die Energie der Gemeinschaft um ihn herum verdichtete. In diesem Augenblick war er nicht mehr allein; er war Teil einer Familie, einer Gemeinschaft, die sich gegen die Tyrannei erhob. Er wusste, dass sie nicht nur für sich selbst kämpften, sondern auch für die Zukunft, die sie für kommende Generationen aufbauen wollten. Die Verbindung zwischen Mensch und Tier, die sie alle teilten, war der Schlüssel zu ihrem Erfolg.

Mit einem letzten Blick auf Liora, die majestätisch und stark vor ihnen stand, fühlte Kaelan eine Welle der Zuversicht durch seinen Körper strömen. Sie waren bereit, und nichts konnte sie aufhalten. Das Kapitel endete nicht mit einem Gefühl der Angst, sondern mit einer unerschütterlichen Entschlossenheit, die sie in den bevorstehenden Konflikt tragen würde. Eldoria würde kämpfen, und sie würden siegen.

7
Der erste Sturm

7.1 Valerius' erste Angriffe auf das friedliche Dorf

Langsam schob sich die Morgensonne über den Horizont von Eldoria und hüllte das Dorf in ein warmes, goldenes Licht. Die Dorfbewohner begannen ihren Tag, während fröhliches Lachen und das Klappern von Töpfen und Pfannen die Luft erfüllten. Doch inmitten dieser Idylle lag eine dunkle Wolke über dem Dorf, die die Vorboten eines bevorstehenden Unheils ankündigte. Valerius, der tyrannische Landbesitzer, hatte seine finsteren Pläne bereits geschmiedet und war fest entschlossen, die Kontrolle über Eldoria zu übernehmen.

Sein erster Angriff kam schnell und unerwartet. Mit einer Gruppe von bewaffneten Männern, die ihm blind folgten, stürmte er in das Dorf. Die Schreie der Dorfbewohner hallten durch die Straßen, als sie versuchten, sich vor den brutalen Übergriffen zu schützen. Valerius' Gesicht war kalt und berechnend, während er die Angst in den Augen der Menschen genoss. Er wollte Macht demonstrieren, und nichts war effektiver, als die Dorfbewohner in Angst und Schrecken zu versetzen.

"Schnell! Holt die Waffen! Wir müssen uns verteidigen!" rief ein älterer Mann, dessen Stimme vor Panik zitterte. Doch die Dorfbewohner waren unvorbereitet auf einen solchen Überfall. Viele von ihnen hatten noch nie zuvor eine Waffe in der Hand gehalten. Valerius' Männer durchstreiften das Dorf, plünderten und zerstörten alles, was ihnen in den Weg kam. Die Zerstörung war brutal und gnadenlos, und die Dorfbewohner waren gezwungen, sich in ihre Häuser zurückzuziehen, während die Schreie ihrer Nachbarn die Luft erfüllten.

Kaelan, der junge Botaniker, beobachtete aus einem Fenster seines kleinen Hauses, wie Valerius' Männer das Dorf verwüsteten. Sein Herz raste, und die Kälte des Schmerzes schnitt tief in seine Brust. Er dachte an Liora, das verletzte Löwenbaby, das er im Wald gefunden hatte. "Ich kann nicht einfach zusehen", murmelte er zu sich selbst. "Wir müssen etwas tun."

In diesem Moment spürte Kaelan die Verantwortung, die auf seinen Schultern lastete. Er hatte Liora nicht nur als Tier gerettet, sondern auch als Symbol für Hoffnung und Widerstand. Wenn er nicht für sein Dorf kämpfte, würde es bald nicht mehr existieren. Er wandte sich an Tamsin, die in der Nähe stand, ihre Augen voller Entschlossenheit. "Wir müssen die anderen mobilisieren", sagte er mit fester Stimme. "Gemeinsam können wir Valerius aufhalten."

Tamsin nickte, und ihre Entschlossenheit war ansteckend. "Ja, lass uns die Dorfbewohner versammeln. Sie müssen wissen, dass wir nicht kampflos aufgeben werden." Sie rannten durch die Straßen, riefen die Menschen zusammen und versuchten, die Furcht in den Herzen der Dorfbewohner in Mut zu verwandeln. Doch die Übermacht von Valerius war erdrückend, und viele fühlten sich hilflos und verloren.

Die Angriffe dauerten an, und Valerius genoss jede Minute des Chaos, das er angerichtet hatte. "Zeigt ihnen, wer hier das Sagen hat!", befahl er seinen Männern, während sie weiterhin die Häuser durchsuchten und die Dorfbewohner einschüchterten. "Diese Bauern glauben, sie könnten sich gegen mich erheben? Sie sind nichts ohne meine Gnade!"

Doch inmitten der Verzweiflung begann sich ein Funke des Widerstands zu entzünden. Die Dorfbewohner, angeführt von Kaelan und Tamsin, fanden sich zusammen und formierten sich, um Valerius entgegenzutreten. Sie erkannten, dass sie gemeinsam stärker waren als die Einzelnen, die sich in ihren Häusern versteckt hatten. "Wir sind Eldoria! Wir lassen uns nicht unterkriegen!", rief Tamsin, und ihre Worte hallten durch die Reihen der Dorfbewohner.

Die ersten Konfrontationen zwischen den Dorfbewohnern und Valerius' Männern waren chaotisch und brutal. Es war ein Kampf ums Überleben, und die Dorfbewohner mussten sich den skrupellosen Methoden von Valerius stellen. Jeder Schlag, jeder Schrei und jede Träne verstärkten die Themen von Widerstand und Mut, die durch die Herzen der Dorfbewohner flossen. Sie kämpften nicht nur für ihr Zuhause, sondern auch für die Freiheit, die sie verloren hatten.

Die Angriffe von Valerius waren nicht nur physisch, sondern auch psychologisch. Die Dorfbewohner mussten lernen, ihre Angst zu überwinden und sich gegen die Tyrannei zu wehren. Es war ein harter Weg, aber sie wussten, dass sie nicht allein waren. Gemeinsam würden sie kämpfen, und vielleicht, nur vielleicht, könnten sie die Dunkelheit vertreiben, die über Eldoria schwebte.

7.2 Kaelan und Tamsin mobilisieren die Dorfbewohner

Hinter den majestätischen Bergen war die Sonne bereits in den Schlaf gesunken, als Kaelan und Tamsin sich im Herzen des Dorfplatzes versammelten. Nervöses Murmeln erfüllte die Luft, während die Dorfbewohner zusammenkamen, um den beiden jungen Rebellen zuzuhören. Kaelan spürte das drückende Gewicht der Verantwortung auf seinen Schultern, als er in die besorgten Gesichter seiner Nachbarn blickte. Es war an der Zeit, die Gemeinschaft zu mobilisieren, um sich gegen die drohende Gefahr von Valerius zu wehren.

Tamsin trat vor und erhob ihre Stimme, um die Menge zu beruhigen. "Wir dürfen uns nicht von Valerius einschüchtern lassen! Er glaubt, er kann uns unsere Heimat nehmen, doch gemeinsam sind wir stärker!" Ihre Worte hallten durch die kühle Abendluft und berührten die Herzen der Versammelten. Kaelan beobachtete, wie einige von ihnen sich aufrichteten, Hoffnung in ihren Augen aufblitzte. Die Energie in der Menge begann zu pulsieren, und sein eigenes Herz schlug schneller.

"Wir müssen uns organisieren", fügte Kaelan hinzu, als er den Mut fand, ebenfalls zu sprechen. "Jeder von uns hat Fähigkeiten, die wir nutzen können. Gemeinsam müssen wir Valerius entgegentreten. Wir dürfen nicht zulassen, dass er unsere Wälder abholzt und unsere Ressourcen ausbeutet." Seine Stimme war fest, doch innere Zweifel drängten an die Oberfläche. Was, wenn sie scheiterten? Was, wenn sie alles verloren?

Die Dorfbewohner begannen, sich gegenseitig zu ermutigen. Ein älterer Mann, der oft als Geschichtenerzähler des Dorfes galt, trat vor und sagte: "Ich erinnere mich an die Geschichten, die meine Großeltern mir erzählt haben. Geschichten von Zeiten, in denen wir gegen Unterdrückung gekämpft haben und gesiegt sind. Wenn wir uns vereinen, können wir auch jetzt gewinnen!"

Ein Raunen ging durch die Menge, und Kaelan spürte, wie die Entschlossenheit der Dorfbewohner wuchs. Tamsin nickte zustimmend und wandte sich dann an die Versammelten. "Lasst uns einen Plan schmieden! Wir müssen wissen, wie wir Valerius überraschen können. Die Natur steht auf unserer Seite. Jeder Baum, jeder Strauch kann uns helfen, ihn zu besiegen."

Die Diskussionen wurden lebhaft, als die Dorfbewohner Ideen austauschten. Einige schlugen vor, die Wälder als Versteck zu nutzen, während andere daran dachten, ihre Kenntnisse über Heilpflanzen zu verwenden, um Valerius' Männer zu schwächen. Kaelan hörte aufmerksam zu, während die verschiedenen Stimmen sich mischten und ein Gefühl der Solidarität entstand. Es war, als ob die Wurzeln ihrer Gemeinschaft sich tiefer in die Erde gruben, während sie sich zusammenschlossen.

Doch inmitten dieser aufkeimenden Hoffnung nagte eine dunkle Vorahnung an Kaelan. Was, wenn Valerius sie bereits beobachtete? Was, wenn ihre Pläne im Wind verwehten? Diese Gedanken schwebten wie Schatten über ihm, während er die Gesichter seiner Freunde betrachtete. Er wollte nicht, dass ihre Entschlossenheit durch seine Ängste getrübt wurde.

"Wir müssen auch auf die Gefahren vorbereitet sein", warnte er schließlich. "Valerius wird nicht zögern, uns anzugreifen, wenn er erfährt, dass wir uns organisieren. Unsere Strategien müssen geheim bleiben, und wir müssen schnell handeln."

Die Menge nickte zustimmend, und Tamsin ergriff erneut das Wort. "Lasst uns die Nacht nutzen, um uns vorzubereiten. Jeder von uns sollte seine Nachbarn informieren und sich umsehen, wo wir die besten Möglichkeiten finden können, um Valerius zu überraschen. Gemeinsam sind wir stark!"

Ein Gefühl der Aufregung durchfuhr die Menge, als die Dorfbewohner begannen, sich zu zerstreuen, um ihre Aufgaben zu erfüllen. Kaelan fühlte sich ermutigt, als er Tamsin an seiner Seite sah. Ihre Augen leuchteten vor Entschlossenheit, und er wusste, dass sie gemeinsam etwas bewirken konnten. Doch gleichzeitig blieb die Frage in seinem Kopf: Würden sie stark genug sein, um Valerius zu besiegen?

Die Dunkelheit fiel über Eldoria, während die Dorfbewohner sich auf die bevorstehenden Herausforderungen vorbereiteten. In dieser Nacht wurde nicht nur ein Plan geschmiedet, sondern auch das Band der Gemeinschaft gestärkt. Sie waren bereit, für ihre Freiheit zu kämpfen, und Kaelan wusste, dass sie sich nicht allein fühlten. Zusammen würden sie die Tyrannei besiegen – oder zumindest alles versuchen, um es zu verhindern.

7.3 Ein unerwarteter Rückschlag trifft die Gemeinschaft

In den letzten Wochen hatten die Dorfbewohner von Eldoria eine bemerkenswerte Einheit gebildet, die wie ein starkes Band zwischen ihnen gewachsen war. Ihre einst leisen und zögerlichen Stimmen hatten sich zu einem kraftvollen Chor des Widerstands vereint. Doch an diesem düsteren Morgen, als der Nebel wie ein gespenstischer Schleier über das Dorf fiel, brach das Unheil über sie herein. Valerius, der tyrannische Landbesitzer, hatte seine Drohung wahrgemacht und die ersten Angriffe auf das Dorf gestartet. Die Schreie der Verwundeten hallten durch die Straßen, während die Dorfbewohner in Panik versuchten, ihre Familien zu schützen.

Kaelan stand am Rand des Marktplatzes, sein Herz schlug wild in seiner Brust. Er hatte die Vorbereitungen für den Widerstand geleitet, doch jetzt, angesichts der Zerstörung, fühlte er sich machtlos. Tamsin, die an seiner Seite stand, war blass vor Schock. "Wir müssen helfen!", rief sie, während sie sich hastig umblickte, um die Verletzten zu zählen. Ihre Entschlossenheit war ungebrochen, doch Kaelan konnte die Angst in ihren Augen sehen. Sie alle hatten so viel riskiert, und jetzt schien alles verloren zu sein.

Der Anblick der brennenden Häuser und der weinenden Kinder schnitt tief in Kaelans Seele. Erinnerungen an die friedlichen Tage, als das Dorf in Harmonie mit der Natur lebte, überfluteten ihn. Wie konnte es so weit kommen? "Wir haben uns gegen Valerius erhoben, und jetzt zahlt unser Dorf den Preis", murmelte er, während er sich an die Worte von Elysia erinnerte, die oft gesagt hatte, dass der Weg des Widerstands niemals einfach sei. Doch der Schmerz, den er jetzt fühlte, war überwältigend. Er fragte sich, ob ihr Kampf überhaupt einen Sinn hatte.

"Kaelan!", rief Tamsin, ihre Stimme war fest, aber in ihren Augen schimmerte die Trauer. "Wir dürfen nicht aufgeben. Wir müssen die Dorfbewohner mobilisieren, um Valerius zu stoppen! Wenn wir jetzt nicht handeln, wird alles, was wir aufgebaut haben, verloren gehen." Kaelan nickte, doch die Worte blieben ihm im Hals stecken. Was war der Preis für diesen Widerstand? Würden sie bereit sein, noch mehr zu verlieren?

Die Dorfbewohner versammelten sich, und Kaelan spürte die Welle der Verzweiflung, die durch die Menge strömte. "Wir müssen zusammenhalten!", rief er, seine Stimme übertönte das Geschrei und das Chaos. "Liora ist unser Symbol der Hoffnung! Wenn wir für sie kämpfen, kämpfen wir für unsere Freiheit!" Doch selbst während er sprach, spürte er die Unsicherheit, die in den Herzen seiner Mitmenschen wuchs. Würde Liora, die majestätische Löwin, die sie alle als Zeichen ihrer Stärke betrachteten, ihnen wirklich helfen können?

Die Dorfbewohner sahen ihn an, einige mit Entschlossenheit, andere mit Zweifel. Der Rückschlag war schwer zu ertragen, und die Frage, ob sie ihren Kampf fortsetzen konnten, schwebte wie ein Schatten über ihnen. Kaelan wusste, dass sie alle an einem Wendepunkt standen. "Wir müssen einen Plan schmieden", sagte er schließlich, "aber wir müssen auch bereit sein, die Konsequenzen zu tragen."

Die Diskussionen begannen, und während die Dorfbewohner Strategien entwarfen, fühlte Kaelan, wie die Hoffnung in ihm aufblühte. Es war ein schwaches Licht in der Dunkelheit, aber es war da. Gemeinsam würden sie kämpfen, egal wie hoch der Preis war. "Wir sind nicht allein", flüsterte Tamsin, als sie ihm einen ermutigenden Blick zuwarf. "Wir haben einander, und wir haben Liora."

Doch während sie ihre Pläne schmiedeten, blieb die Angst in der Luft hängen. Was würde Valerius als Nächstes tun? Kaelan konnte die Kälte der Unsicherheit spüren, die sich wie ein frostiger Wind über das Dorf legte. Die Dorfbewohner waren entschlossen, aber der Schmerz und die Trauer über die Verluste, die sie bereits erlitten hatten, nagten an ihrem Mut. Inmitten dieser Gedanken wusste Kaelan, dass sie an einem entscheidenden Punkt standen, an dem jeder Schritt, den sie machten, über Leben und Tod entscheiden könnte.

"Wir müssen uns vorbereiten", sagte Kaelan, seine Stimme fest. "Egal, was kommt, wir werden nicht aufgeben. Für Eldoria, für Liora, für unsere Freiheit!" Die Menge antwortete mit einem kollektiven Nicken, doch die Fragen blieben. Würden sie stark genug sein, um die bevorstehenden Herausforderungen zu meistern? Die Unsicherheit drückte schwer auf ihren Schultern, während sie sich auf den bevorstehenden Sturm vorbereiteten. Die Leser spüren die Dringlichkeit und die Unsicherheit, die in der Luft liegen, und die Geschichte zieht sie weiter in die kommenden Kapitel.

8
Liora – Die erwachende Kraft

8.1 Liora wächst und entfaltet ihre Fähigkeiten

Hoch oben am Himmel strahlte die Sonne und hüllte den Wald von Eldoria in ein warmes, goldenes Licht. Inmitten der dichten Baumkronen, wo das Licht nur in sanften Strahlen auf den moosbedeckten Boden fiel, wuchs Liora, das Löwenbaby, zu einer majestätischen Kreatur heran. Ihre Transformation war nicht nur physisch, sondern auch ein Symbol für die Stärke und den Widerstand, die in den Dorfbewohnern schlummerten. Während sie im Schutz des Waldes lebte, begann sie, ihre Fähigkeiten zu entfalten, und mit jedem Tag wurde sie mehr als nur ein Tier – sie wurde zu einem Symbol der Hoffnung.

Kaelan, der junge Botaniker, beobachtete die Entwicklung von Liora mit einer Mischung aus Staunen und Besorgnis. Er hatte sie als verletztes Wesen gefunden, hilflos und schwach, und nun, während sie sich zu einem starken Löwen entwickelte, spürte er, dass auch er sich verändern musste. Ihre Präsenz gab ihm Kraft, und er erkannte, dass die Verbindung zwischen Mensch und Tier in dieser Zeit entscheidend war. Liora war nicht nur seine Schülerin in der Heilkunst, sondern auch seine Lehrerin in der Kunst des Überlebens.

In den frühen Morgenstunden, wenn der Nebel noch über dem Boden schwebte, übte Liora ihre Bewegungen. Sie sprang durch das Unterholz, ihre Muskeln spannten sich und entspannten sich in einem perfekten Rhythmus. Kaelan sah, wie sie jagte, wie sie mit der Anmut eines Tänzers durch die Bäume glitt. Ihre Augen, einst voller Unsicherheit, strahlten jetzt Entschlossenheit und Wildheit aus. Es war, als ob sie die Essenz des Waldes selbst verkörperte, stark und ungezähmt.

Doch während Liora wuchs, schwebte eine dunkle Bedrohung über Eldoria. Valerius, der tyrannische Landbesitzer, hatte seine finsteren Pläne geschmiedet, um die Ressourcen des Dorfes auszubeuten. Die Dorfbewohner waren in Alarmbereitschaft, und die Spannungen stiegen. Kaelan wusste, dass sie einen Anführer brauchten, jemanden, der sie inspirieren konnte, und er begann zu erkennen, dass Liora diese Rolle übernehmen könnte. Ihre Transformation war nicht nur für sie selbst wichtig, sondern auch für die gesamte Gemeinschaft.

Die Dorfbewohner versammelten sich oft um Kaelan, um von ihm zu lernen, wie sie ihre Pflanzen heilen und ihre Felder bewahren konnten. Doch in den letzten Wochen war die Stimmung angespannt. Immer wieder hörten sie Gerüchte über Valerius' Pläne, und die Angst begann, sich wie ein Schatten über das Dorf zu legen. Kaelan spürte die Unruhe unter den Menschen und wusste, dass sie eine Entscheidung treffen mussten. Sie brauchten einen Funken Hoffnung, und Liora könnte dieser Funke sein.

Als Liora eines Tages an einem kleinen Wasserfall spielte, beobachtete Kaelan sie aus der Ferne. Er sah, wie sie mit dem Wasser spritzte, und in diesem Moment erkannte er, dass ihre Freude an der Freiheit auch die Dorfbewohner inspirieren konnte. "Wenn sie so stark werden kann, dann können wir es auch", murmelte er leise zu sich selbst. Liora war nicht nur ein Löwe; sie war ein Zeichen des Wandels, ein Symbol für den Widerstand gegen Valerius.

Die Dorfbewohner begannen, sich um Liora zu versammeln, und sie spürten, wie ihre Herzen mit Hoffnung erfüllt wurden. Jedes Mal, wenn sie Liora sahen, wuchs ihr Mut. Sie erkannten, dass sie nicht allein waren, dass sie gemeinsam kämpfen konnten. Liora wurde zu einem lebendigen Zeichen dafür, dass selbst in den dunkelsten Zeiten Licht und Stärke gefunden werden konnten.

Kaelan fühlte sich von einer neuen Entschlossenheit ergriffen. Er wusste, dass die Zeit gekommen war, um die Dorfbewohner zu mobilisieren. "Wir müssen uns zusammenschließen", rief er eines Abends, als die Sonne hinter den Bergen verschwand und der Himmel in leuchtenden Farben erstrahlte. "Liora ist unser Symbol. Sie zeigt uns, dass wir kämpfen können!"

Die Dorfbewohner nickten zustimmend, und in ihren Augen brannte ein neuer Funke. Sie hatten einen Plan geschmiedet, und Liora würde an ihrer Seite stehen. Diese Erkenntnis verstärkte die Themen von Hoffnung und Stärke, die durch die gesamte Geschichte flossen. Die Verbindung zwischen Mensch und Tier war nicht nur eine Frage des Überlebens; sie war das Herzstück ihrer Identität und ihres Kampfes.

So begann die Transformation von Liora, die nicht nur zu einem majestätischen Löwen heranwuchs, sondern auch zu einer entscheidenden Kraft im bevorstehenden Kampf gegen Valerius. Die Dorfbewohner fühlten sich inspiriert, und mit jedem Tag, der verging, wuchs ihre Entschlossenheit, ihre Heimat zu verteidigen. Liora war nicht mehr nur ein Tier; sie war die Hoffnung, die sie alle benötigten, um sich gegen die Dunkelheit zu erheben, die über Eldoria schwebte.

8.2 Die Dorfbewohner erkennen ihre entscheidende Rolle

Die ersten Strahlen der Morgensonne schlichen sich durch die dichten Baumkronen des Waldes und hüllten Eldoria in ein warmes, goldenes Licht. Inmitten dieser Idylle versammelten sich die Dorfbewohner auf dem Marktplatz, ihre Gesichter von einer neu entfachten Entschlossenheit geprägt. Es war nicht nur die majestätische Präsenz von Liora, dem stolzen Löwen, die sie anspornte, sondern auch das Bewusstsein, dass sie gemeinsam gegen die drohende Gefahr von Valerius stehen mussten. Lioras Wandel, von einem verletzten Löwenbaby zu einem Symbol der Stärke und Hoffnung, verlieh den Menschen neuen Mut.

Kaelan stand an der Spitze der Versammlung, sein Herz schlug heftig vor Aufregung und Nervosität. In den vergangenen Wochen hatte er Liora gepflegt und ihre Fähigkeiten beobachtet. Mit jedem Tag wurde sie stärker, und ihre Ausstrahlung umhüllte selbst die verzweifeltesten Dorfbewohner mit neuer Hoffnung. "Wir sind nicht allein", rief Kaelan mit fester Stimme, während er auf Liora deutete, die majestätisch neben ihm saß. "Liora ist nicht nur ein Tier; sie ist ein Teil von uns, ein Teil unseres Kampfes für Freiheit."

Die Menge murmelte zustimmend, und Tamsin trat vor, ihre Augen funkelten vor Leidenschaft. "Wir haben zu lange in Angst gelebt! Valerius glaubt, dass er uns unterdrücken kann, aber wir haben die Macht, uns zu wehren. Wenn wir zusammenstehen, können wir alles erreichen!" Ihre Worte hallten durch die Reihen der Dorfbewohner und schürten das Feuer des Widerstands in ihren Herzen. Liora brüllte in der Ferne, als ob sie Tamsins Worte bestätigte, und der Klang hallte wie ein Signal durch den Wald.

Die Dorfbewohner begannen, sich gegenseitig zu ermutigen. Alte und Junge, Männer und Frauen, alle waren bereit, sich zu vereinen. Sie spürten, dass die Zeit gekommen war, um für ihre Freiheit zu kämpfen. Kaelan beobachtete, wie die Gemeinschaft zusammenwuchs, und fühlte sich stolz, Teil dieser Veränderung zu sein. Doch in seinem Inneren nagte eine leise Sorge: Was würde geschehen, wenn sie scheiterten? Die Vorstellung, Liora und die Dorfbewohner in Gefahr zu bringen, erfüllte ihn mit Angst.

"Wir müssen einen Plan schmieden", sagte Kaelan und wandte sich an die Versammlung. "Wir müssen unsere Stärken bündeln und strategisch vorgehen. Elysia hat mir beigebracht, dass wir nicht nur kämpfen, sondern auch klug handeln müssen." Die Dorfbewohner nickten zustimmend, und die Diskussion über mögliche Strategien begann. Es war eine Mischung aus kreativen Ideen und leidenschaftlichen Vorschlägen, die die Entschlossenheit der Gemeinschaft weiter festigte.

Während die Diskussionen voranschritten, fiel Kaelans Blick auf Liora, die ruhig neben ihm saß. Ihre Augen strahlten Weisheit und Stärke aus, und er wusste, dass sie eine entscheidende Rolle in ihrem Kampf spielen würde. "Wir müssen Liora als unsere Waffe einsetzen", erklärte er. "Ihre Stärke wird uns helfen, Valerius zu konfrontieren. Aber wir müssen auch darauf achten, dass wir sie schützen."

Die Dorfbewohner stimmten zu, und es entstand ein Gefühl der Einheit, das die Gruppe zusammenschweißte. Jeder fühlte sich verantwortlich, nicht nur für sich selbst, sondern auch für die anderen. Diese neue Erkenntnis führte zu einer stärkeren Gemeinschaft, die bereit war, für ihre Freiheit zu kämpfen. Die Dorfbewohner spürten die wachsende Entschlossenheit und die Bedeutung von Liora als Symbol für ihren Widerstand.

Doch während die Vorbereitungen voranschritten, blieb die Bedrohung durch Valerius allgegenwärtig. Kaelan wusste, dass sie sich auf einen harten Kampf vorbereiten mussten. "Wir dürfen uns nicht von unserer Angst leiten lassen", rief Tamsin, als sie die Gruppe anfeuerte. "Wir sind stark, und gemeinsam können wir alles überwinden!"

Die Worte hallten in den Herzen der Dorfbewohner wider, und sie spürten, dass sie auf dem richtigen Weg waren. Liora war nicht nur ein Symbol ihrer Hoffnung, sondern auch ein lebendiger Beweis dafür, dass Veränderung möglich war. Die Dorfbewohner hatten begonnen, sich selbst als Teil eines größeren Ganzen zu sehen, und diese Erkenntnis würde sie auf die bevorstehenden Konflikte und Herausforderungen vorbereiten.

8.3 Kaelan sieht in Liora die Hoffnungsträgerin

Der Sonnenuntergang verwandelte den Himmel über Eldoria in ein glühendes Meer aus Gold und Rot, während Kaelan auf einem umgestürzten Baumstamm saß und Liora neben ihm lag. Ihr majestätisches, goldenes Fell funkelte im Licht der untergehenden Sonne, und für einen flüchtigen Moment schien die Welt in dieser perfekten Stille innezuhalten. In diesem Augenblick, als sein Blick in die tiefen, intelligenten Augen des Löwen fiel, erfasste Kaelan eine Erkenntnis, die sein Herz mit neuer Entschlossenheit erfüllte. Liora war nicht nur ein verletztes Wesen, das er gerettet hatte; sie war die Hoffnungsträgerin für das gesamte Dorf.

Diese Erkenntnis traf ihn wie ein Blitz. Liora verkörperte alles, wofür er kämpfte: die Stärke, die Widerstandsfähigkeit und die ungebrochene Verbindung zur Natur. In ihren Augen sah er den Mut, den die Dorfbewohner brauchten, um sich gegen Valerius zu erheben. Die Verantwortung, die er für Liora trug, war nicht nur eine persönliche; sie war eine Verpflichtung gegenüber jedem einzelnen Bewohner von Eldoria. Der Gedanke daran, dass er nicht nur für sich selbst, sondern für das Wohl aller kämpfte, verlieh ihm neue Kraft.

Kaelan erinnerte sich an die Worte von Elysia, seiner Mentorin, die oft gesagt hatte, dass die Verbindung zwischen Mensch und Tier eine der stärksten Kräfte sei, die es gab. Diese Bindung war nicht nur emotional, sondern auch spirituell. Liora war mehr als ein Löwe; sie war ein Symbol für den Widerstand gegen die Tyrannei, die Valerius über ihr Dorf gebracht hatte. Kaelan spürte, wie sich seine Entschlossenheit festigte. Er wusste, dass er nicht länger zusehen konnte, wie Valerius die Natur und die Menschen ausbeutete, die er liebte.

Die Dorfbewohner hatten bereits begonnen, sich zu organisieren, und Kaelan fühlte, dass der Zeitpunkt gekommen war, um seine Stimme zu erheben. Liora würde an seiner Seite stehen, und gemeinsam würden sie die Dorfbewohner inspirieren, sich gegen die Ungerechtigkeit zu wehren. Er stellte sich vor, wie sie alle zusammenkamen, vereint durch den gemeinsamen Wunsch nach Freiheit und Gerechtigkeit. Die Vorstellung von Liora, die an der Spitze der Dorfbewohner marschierte, erfüllte ihn mit einem Gefühl der Vorfreude und des Optimismus.

Während er Liora streichelte, spürte er die Wärme ihres Körpers und die Kraft, die von ihr ausging. Es war, als ob sie ihm ihre Energie und ihren Mut übertrug. "Wir werden für unsere Heimat kämpfen", flüsterte er, und in diesem Moment war er sich sicher, dass sie nicht allein waren. Die Dorfbewohner würden sich erheben, und sie würden gemeinsam gegen Valerius kämpfen. Diese Überzeugung ließ sein Herz schneller schlagen, und er wusste, dass er bereit war, alles zu riskieren.

Kaelan stand auf und blickte in die Richtung des Dorfes. Die Silhouetten der Häuser zeichneten sich gegen den Abendhimmel ab, und er konnte die Stimmen der Dorfbewohner hören, die sich versammelten, um ihre Pläne zu schmieden. Er spürte, dass der Wind sich drehte, und mit ihm die Stimmung im Dorf. Die Zeit der Passivität war vorbei; jetzt war es an der Zeit, aktiv zu werden. Liora war nicht nur ein Löwe, sie war das Herzstück ihrer Bewegung, das Symbol ihrer Hoffnung.

Mit einem letzten Blick auf Liora, die geduldig neben ihm saß, machte sich Kaelan auf den Weg zurück ins Dorf. Seine Schritte waren fest und entschlossen, und er fühlte sich, als ob er nicht nur für sich selbst, sondern für alle kämpfte, die ihm am Herzen lagen. In seinem Inneren brannte das Feuer des Widerstands, und er wusste, dass die Dorfbewohner bereit waren, sich zu vereinen und für ihre Freiheit zu kämpfen.

Das Kapitel endete mit einem Gefühl der Vorfreude und des Optimismus. Kaelan war sich bewusst, dass der bevorstehende Konflikt nicht einfach sein würde, aber er war bereit, sich den Herausforderungen zu stellen. Die Verbindung zwischen Mensch und Tier, die er mit Liora teilte, war stärker als jede Bedrohung, die Valerius ihm entgegenwerfen konnte. Gemeinsam würden sie für das kämpfen, was richtig war, und die Dorfbewohner würden sich zusammenschließen, um ihre Heimat zu verteidigen. Der Kampf um Eldoria hatte gerade erst begonnen, und Kaelan war entschlossen, ihn zu gewinnen.

STIR
SÜRUNE

9
Der Widerstandsplan

9.1 Strategien zur Verteidigung des Dorfes werden geschmiedet

Langsam senkte sich die Sonne dem Horizont entgegen und hüllte das Dorf Eldoria in ein warmes, goldenes Licht. Doch trotz dieser malerischen Kulisse lag eine spürbare Anspannung in der Luft. Die Dorfbewohner hatten sich auf dem zentralen Platz versammelt, um über die drohende Gefahr zu diskutieren, die von Valerius, dem tyrannischen Landbesitzer, ausging. Es war ein Moment, der die Gemeinschaft auf die Probe stellen würde, und jeder wusste, dass sie zusammenhalten mussten, um ihre Heimat zu verteidigen.

Kaelan, der junge Botaniker, stand im Mittelpunkt der Versammlung. Sein Herz schlug schnell, als er die besorgten Gesichter seiner Nachbarn sah. Er hatte in den letzten Wochen viel über die Pläne von Valerius gehört – von der Abholzung der Wälder bis hin zur Ausbeutung der Ressourcen, die das Dorf am Leben hielten. "Wir müssen uns zusammenschließen", begann Kaelan mit fester Stimme. "Wenn wir nicht handeln, wird Valerius alles zerstören, was wir lieben."

Ein murmelndes Einverständnis ging durch die Menge. Tamsin, die leidenschaftliche Rebellin, trat vor und hob energisch die Hand. "Wir können nicht nur abwarten und hoffen, dass er uns in Ruhe lässt! Wir müssen einen Plan entwickeln, um ihn zu stoppen, bevor es zu spät ist!" Ihre Augen funkelten vor Entschlossenheit, und ihre Worte schienen wie ein Funke zu wirken, der die Dorfbewohner aufrüttelte.

"Was schlagt ihr vor?", fragte ein älterer Mann mit grauem Bart, der skeptisch dreinblickte. "Wir sind keine Krieger. Wie sollen wir gegen einen Mann kämpfen, der über so viel Macht verfügt?"

Tamsin ließ sich davon nicht entmutigen. "Wir sind mehr als nur einfache Dorfbewohner. Wir kennen das Land, wir wissen, wo die besten Verstecke sind, und wir haben die Natur auf unserer Seite. Wenn wir unsere Fähigkeiten bündeln, können wir Valerius überraschen!"

Die Diskussion entbrannte. Einige Dorfbewohner schlugen vor, die Wälder als Deckung zu nutzen, während andere die Idee hatten, Fallen zu stellen, um Valerius und seine Männer abzulenken. Kaelan hörte aufmerksam zu und fühlte, wie sich eine Welle der Kreativität und des Einfallsreichtums durch die Versammlung zog. Jeder brachte seine Ideen ein, und es war offensichtlich, dass die Gemeinschaft entschlossen war, für ihre Freiheit zu kämpfen.

"Wir sollten auch Liora in unseren Plan einbeziehen", fügte Kaelan hinzu, während er an den majestätischen Löwen dachte, den er gerettet hatte. "Sie ist nicht nur ein Symbol unserer Hoffnung, sondern auch eine kraftvolle Verbündete. Wenn wir sie in den Kampf einbeziehen, könnte das den Unterschied ausmachen."

Ein Raunen ging durch die Menge. Viele Dorfbewohner hatten Liora noch nie gesehen, und die Vorstellung, dass ein Löwe an ihrer Seite kämpfen könnte, schien sowohl beängstigend als auch aufregend zu sein. "Könnte sie wirklich helfen?", fragte eine junge Frau zögerlich.

"Ja", antwortete Kaelan mit Überzeugung. "Liora hat bereits bewiesen, dass sie stark und mutig ist. Wenn wir sie richtig einsetzen, kann sie uns den entscheidenden Vorteil verschaffen."

Die Diskussion nahm Fahrt auf, und die Dorfbewohner begannen, konkrete Strategien zu entwickeln. Elysia, die weise Mentorin, die oft im Hintergrund agierte, trat vor und sprach mit ruhiger Stimme: "Es ist wichtig, dass wir nicht nur auf unsere Stärke setzen, sondern auch auf unsere Intelligenz. Wir müssen Valerius dazu bringen, zu glauben, dass wir schwach sind, während wir in Wirklichkeit unsere Kräfte bündeln."

Die Gruppe nickte zustimmend. Elysias Worte hatten Gewicht, und die Dorfbewohner fühlten sich bestärkt. Sie begannen, verschiedene Szenarien durchzuspielen, wobei jeder seine eigenen Ideen und Vorschläge einbrachte. Es war ein kreativer Prozess, der die Gemeinschaft enger zusammenschweißte und ihnen das Gefühl gab, dass sie gemeinsam etwas bewirken konnten.

Als die Dämmerung hereinbrach, war die Versammlung noch immer in vollem Gange. Der Platz war erfüllt von Stimmen, die Strategien austauschten, Pläne schmiedeten und sich gegenseitig ermutigten. Inmitten dieser geschäftigen Aktivität spürte Kaelan, wie eine neue Hoffnung in ihm aufkeimte. Die Dorfbewohner waren bereit, für ihre Freiheit zu kämpfen, und sie würden nicht zulassen, dass Valerius sie unterdrückte.

Doch während sie ihre Pläne schmiedeten, schwebte eine dunkle Vorahnung über der Versammlung. Valerius war nicht nur ein einfacher Landbesitzer; er war ein skrupelloser Mann, der alles tun würde, um seine Macht zu sichern. Die Dorfbewohner mussten sich auf einen harten Kampf vorbereiten, und sie wussten, dass die kommenden Tage entscheidend sein würden. Mit jedem neuen Plan, den sie entwickelten, wuchs die Entschlossenheit in ihren Herzen – sie würden für ihre Heimat kämpfen, egal was es kostete.

9.2 Elysia bietet wertvolle Ratschläge für den Kampf

In der alten Scheune von Eldoria hatten sich die Dorfbewohner versammelt, umgeben von Wänden, die die Spuren der Zeit und der Elemente trugen. Nervosität und Entschlossenheit lagen in der Luft, während sie auf Elysia warteten. Kaelan saß auf einem hölzernen Bock, seine Hände zitterten leicht, als die frischen Wunden von Liora in seinem Gedächtnis auftauchten. Er war sich bewusst, dass die bevorstehenden Entscheidungen nicht nur sein Schicksal, sondern das aller Dorfbewohner beeinflussen würden.

Als Elysia schließlich eintrat, schien sie die gesamte Atmosphäre zu verändern. Ihr langer, fließender Umhang, der mit Pflanzenmustern verziert war, wirkte wie eine lebendige Erweiterung der Natur selbst. Ihre Augen, tief und weise, schauten über die versammelten Gesichter, und ein Gefühl der Ruhe breitete sich aus. "Wir stehen an einem Wendepunkt", begann sie mit einer Stimme, die wie der sanfte Wind durch die Bäume klang. "Die Dunkelheit, die Valerius über uns bringen will, kann nur durch unser gemeinsames Licht besiegt werden."

Die Dorfbewohner hörten aufmerksam zu, während Elysia ihre Gedanken über die Natur und die Strategien für den bevorstehenden Konflikt teilte. "Die Verbindung zur Natur ist unsere größte Stärke", erklärte sie. "Sie gibt uns nicht nur Kraft, sondern auch Weisheit. Wir müssen die Ressourcen nutzen, die uns umgeben, um uns zu verteidigen. Jeder Baum, jeder Fluss hat seine eigene Geschichte und kann uns helfen, Valerius zu besiegen."

Kaelan spürte, wie sich seine innere Unruhe allmählich legte. Elysias Worte waren wie ein Balsam für seine Seele. Sie sprach von der Bedeutung der Heilpflanzen, die er so gut kannte, und von den Geheimnissen, die die Wälder verbargen. "Wir müssen uns zusammenschließen und unsere Kräfte bündeln", fügte sie hinzu. "Jeder von euch hat Fähigkeiten, die in diesem Kampf entscheidend sein können. Gemeinsam sind wir stark."

Die Dorfbewohner begannen, sich gegenseitig zu ermutigen. Tamsin, die leidenschaftliche Rebellin, stand auf und rief: "Wir haben nichts zu verlieren! Valerius hat uns schon zu lange unterdrückt. Es ist an der Zeit, dass wir uns erheben und für unsere Freiheit kämpfen!" Ihre Worte wurden von einem zustimmenden Murmeln begleitet, und Kaelan spürte, wie sich die Entschlossenheit in ihm festigte. Elysia nickte zustimmend und lächelte Tamsin an. "Ja, Tamsin, deine Leidenschaft ist ansteckend. Doch wir müssen auch klug handeln. Überlegt, wie wir die Natur zu unserem Vorteil nutzen können."

Während die Diskussion weiterging, begann Elysia, spezifische Strategien zu skizzieren. Sie sprach von den geheimen Wegen im Wald, die sie nutzen könnten, um Valerius' Truppen zu umgehen, und von den Kräutern, die sie sammeln sollten, um ihre Verletzten zu heilen. "Denkt daran, dass der Wald nicht nur ein Ort der Schönheit ist, sondern auch ein Verbündeter im Kampf gegen die Dunkelheit", sagte sie mit Nachdruck. "Wenn wir die Balance wahren, wird die Natur uns unterstützen."

Kaelan beobachtete, wie die Dorfbewohner sich gegenseitig inspirierten. Die Furcht, die zuvor in ihren Augen gestanden hatte, wurde nun durch Hoffnung ersetzt. Er fühlte sich, als würde er Teil von etwas Größerem werden, einer Gemeinschaft, die bereit war, alles zu riskieren, um ihre Heimat zu schützen. Elysias Mentorschaft war nicht nur eine Quelle des Wissens, sondern auch ein Symbol für Verantwortung. Er wusste, dass er, wenn er für Liora und das Dorf kämpfte, auch für die Natur kämpfte, die ihn immer genährt hatte.

"Lasst uns jetzt einen Plan schmieden", sagte Elysia und blickte in die Runde. "Wir müssen jeden einzelnen von euch einbeziehen. Jeder hat eine Rolle zu spielen, und zusammen werden wir Valerius zeigen, dass wir nicht bereit sind, uns kampflos zu ergeben." Die Entschlossenheit in ihren Stimmen war greifbar, und Kaelan spürte, wie sich die Energie im Raum auflud. Es war der Beginn eines neuen Kapitels, eines Kapitels, das von Mut, Hoffnung und dem unerschütterlichen Glauben an die Kraft der Gemeinschaft geprägt war.

Als die Versammlung sich auf die Planung konzentrierte, konnte Kaelan nicht anders, als sich an Liora zu erinnern. Sie war nicht nur ein Löwe; sie war ein Symbol für alles, wofür sie kämpften. In diesem Moment wurde ihm klar, dass der Kampf nicht nur gegen Valerius gerichtet war, sondern auch für die Erhaltung der Verbindung zwischen Mensch und Natur. Mit jedem Wort, das Elysia sprach, wuchs seine Entschlossenheit, und er wusste, dass sie bereit waren, alles zu geben, um ihre Freiheit zu verteidigen.

9.3 Tamsin und Kaelan entwickeln einen mutigen Plan

Ein sanfter Schleier der Dämmerung legte sich über Eldoria, während die Luft von einer elektrisierenden Anspannung durchzogen war. Tamsin und Kaelan standen im Zentrum des Dorfplatzes, umringt von den besorgten Gesichtern ihrer Nachbarn. Die letzten Strahlen der Sonne schickten goldene Lichtbänder durch das Blätterdach, als sie ihre Stimmen erhoben, um den Dorfbewohnern ihren Plan vorzustellen. Es war ein kühner Plan, ein gewagter Schritt gegen die Tyrannei Valerius', der die Menschen in Angst und Schrecken versetzt hatte.

Tamsin trat entschlossen vor, ihre Augen funkelten vor Entschlossenheit. "Wir können nicht länger tatenlos zusehen, wie Valerius unsere Heimat zerstört! Wir müssen zusammenstehen und ihm zeigen, dass wir uns nicht einschüchtern lassen!" Ihre Stimme hallte durch die Menge, und die Dorfbewohner begannen, sich aufrecht zu halten, ihre Herzen schlugen schneller. Kaelan spürte die Kraft ihrer Worte, und ein Funke der Hoffnung entflammte in ihm.

"Wir haben Liora an unserer Seite", fügte Kaelan hinzu, während er auf den majestätischen Löwen blickte, der in der Nähe stand und aufmerksam zuhörte. "Sie ist nicht nur ein Symbol für unsere Freiheit, sondern auch eine mächtige Verbündete. Gemeinsam können wir Valerius einen entscheidenden Schlag versetzen." Die Vorstellung, dass Liora in den Kampf ziehen würde, erfüllte ihn mit Mut und Zuversicht.

Die Dorfbewohner murmelten zustimmend, und die Nervosität wich langsam einer wachsenden Entschlossenheit. Tamsin und Kaelan hatten einen Plan ausgearbeitet, der auf den Stärken der Gemeinschaft basierte. Sie würden die Wälder nutzen, um Valerius zu überlisten, seine Ressourcen gegen ihn wenden und seine Macht brechen. Jeder Dorfbewohner hatte eine Rolle zu spielen, und jeder war bereit, alles zu geben.

"Wir müssen die Wälder kennen wie unsere eigene Westentasche", erklärte Tamsin. "Die Bäume werden unsere Verbündeten sein. Wir können Fallen stellen und die Wege so blockieren, dass Valerius nicht unbemerkt vorrücken kann." Ihre strategischen Überlegungen waren präzise und durchdacht, und die Dorfbewohner hörten gebannt zu, während sie sich gegenseitig motivierten.

"Und wir müssen uns auch auf die Menschen vorbereiten, die Valerius an seiner Seite hat", fügte Kaelan hinzu. "Wir dürfen nicht vergessen, dass wir es mit einem Mann zu tun haben, der bereit ist, alles zu tun, um seine Macht zu erhalten. Wir müssen klug und vorsichtig sein."

Die Aufregung in der Menge wuchs, während sie über die Details des Plans diskutierten. Jeder wollte seinen Beitrag leisten, und die Dorfbewohner begannen, sich in Gruppen zu organisieren. Einige würden sich um die Fallen kümmern, andere würden die Umgebung überwachen, während einige sich um die medizinische Versorgung kümmern würden, falls es zu Verletzungen käme. Tamsin und Kaelan fühlten sich von der Entschlossenheit ihrer Nachbarn getragen, und ein Gefühl der Solidarität breitete sich aus.

Doch während die Vorfreude auf den bevorstehenden Konflikt wuchs, spürten Tamsin und Kaelan auch die Schwere der Verantwortung, die auf ihren Schultern lastete. Sie wussten, dass dieser Kampf nicht nur um ihre Freiheit ging, sondern auch um das Überleben ihrer Gemeinschaft. "Was, wenn wir scheitern?" fragte Kaelan leise, als sie sich kurz abseits der Menge zurückzogen. "Was, wenn Valerius stärker ist, als wir denken?"

Tamsin legte eine Hand auf seine Schulter und sah ihm in die Augen. "Wir dürfen nicht an das Scheitern denken. Wir müssen an das glauben, was wir schützen wollen. An unsere Familien, unsere Freunde und unsere Heimat. Wenn wir zusammenhalten, können wir alles erreichen." Ihre Worte waren wie ein Schwur, der die Dunkelheit vertreiben sollte, die sich über ihre Herzen gelegt hatte.

Als die Nacht hereinbrach, brannten Fackeln auf dem Dorfplatz, und die Dorfbewohner versammelten sich, um ihre Entschlossenheit zu bekräftigen. Sie sprachen über ihre Träume von Freiheit und Gerechtigkeit, und während sie ihre Stimmen erhoben, fühlten sie sich stärker als je zuvor. Tamsin und Kaelan standen an der Spitze, vereint in ihrem Ziel, und während sie die Gesichter ihrer Nachbarn betrachteten, spürten sie die Kraft der Gemeinschaft, die sie umgab.

Das Kapitel endete mit einem Gefühl der Vorfreude und der Unsicherheit. Der bevorstehende Kampf gegen Valerius war unausweichlich, und während die Dorfbewohner sich auf den Konflikt vorbereiteten, lag eine schleichende Angst in der Luft. Doch inmitten dieser Angst blühte auch die Hoffnung, und die Dorfbewohner waren bereit, alles zu riskieren, um für ihre Freiheit zu kämpfen. In der Dunkelheit der Nacht leuchteten die Sterne hell am Himmel, als ob sie die Entschlossenheit der Dorfbewohner widerspiegelten, die bereit waren, sich gegen die Tyrannei zu erheben.

10
Der erste große Aufstand

10.1 Der Widerstand gegen Valerius beginnt mit Entschlossenheit

Die ersten Strahlen der Morgensonne drangen durch das dichte Blätterdach des Waldes, während die Dorfbewohner von Eldoria sich heimlich versammelten. Eine spürbare Anspannung lag in der Luft, als sie sich auf das vorbereiteten, was bevorstand. In den vergangenen Wochen hatten sie unermüdlich über die Bedrohung durch Valerius gesprochen, den tyrannischen Landbesitzer, der ihre Heimat mit seinen dunklen Plänen überziehen wollte. Jetzt war der Moment gekommen, um nicht länger nur zu reden, sondern entschlossen zu handeln.

Kaelan stand im Zentrum der Gruppe, sein Herz schlug heftig vor Aufregung und Nervosität. Neben ihm stand Tamsin, deren Augen vor Entschlossenheit funkelten. "Wir können nicht länger warten! Valerius wird nicht zögern, uns zu vernichten, wenn wir ihm die Gelegenheit dazu geben", rief sie mit fester Stimme. Ihre Worte hallten in den Köpfen der Versammelten wider und schürten das Feuer des Widerstands, das in jedem von ihnen brannte.

Die Dorfbewohner nickten zustimmend, während sie sich gegenseitig ermutigten. Jeder von ihnen hatte seine eigenen Gründe, sich gegen Valerius zu erheben. Einige hatten geliebte Menschen verloren, andere hatten ihre Felder und Ernten gesehen, die durch die Gier des Landbesitzers verwüstet wurden. Diese Wunden waren frisch und schmerzten, doch sie verwandelten sich in eine gemeinsame Entschlossenheit, die sie zusammenschweißte.

"Wir müssen einen Plan schmieden", sagte Kaelan und trat einen Schritt vor. "Wir kennen das Terrain besser als Valerius. Wir können seine Angriffe abwehren, wenn wir zusammenarbeiten." Seine Stimme war ruhig, aber fest, und die Dorfbewohner hörten gebannt zu. "Wir müssen unsere Stärken bündeln und uns auf das konzentrieren, was wir am besten können."

Die Versammlung wurde lebhaft, als Ideen ausgetauscht wurden. Einige schlugen vor, die Wälder als Deckung zu nutzen, während andere strategische Positionen in den Hügeln einnahmen, um Valerius' Truppen zu beobachten. Tamsin hatte eine brillante Idee: "Wir könnten auch Fallen stellen, um seine Männer abzulenken. Wenn wir ihre Aufmerksamkeit auf uns ziehen, haben wir die Möglichkeit, sie zu überraschen."

Die Aufregung wuchs, als die Dorfbewohner begannen, konkrete Pläne zu schmieden. Sie teilten sich in Gruppen auf, um Materialien zu sammeln und sich auf die bevorstehenden Kämpfe vorzubereiten. Kaelan fühlte sich von der Energie der Gemeinschaft mitgerissen. Es war ein Moment, in dem sie alle eins waren, vereint in ihrem Streben nach Freiheit und Gerechtigkeit.

Doch trotz der Entschlossenheit schwebte eine dunkle Wolke über ihnen. Die Angst vor Valerius und seinen brutalen Methoden war allgegenwärtig. Kaelan konnte die Nervosität in den Gesichtern seiner Nachbarn sehen, die sich bemühten, ihre Furcht zu verbergen. "Was ist, wenn wir scheitern? Was, wenn Valerius uns besiegt?" Diese Gedanken schlichen sich in Kaelans Geist, doch er schüttelte sie ab. Er wusste, dass sie kämpfen mussten, egal wie groß die Gefahr war.

"Wir sind nicht allein", flüsterte er leise zu Tamsin, die neben ihm stand. "Liora wird uns helfen. Sie ist stark und mutig, und sie wird für uns kämpfen." Tamsin nickte, und ein Hauch von Hoffnung erfüllte den Raum. Die Dorfbewohner waren bereit, sich gegen die Tyrannei zu erheben, und sie würden alles tun, um ihre Heimat zu verteidigen.

Die Sonne stieg höher am Himmel, und der Tag der Entscheidung rückte näher. Die Vorbereitungen waren in vollem Gange, und die Dorfbewohner waren entschlossen, sich Valerius entgegenzustellen. In ihren Herzen brannte das Feuer des Widerstands, und sie waren bereit, alles zu riskieren, um für ihre Freiheit zu kämpfen.

Als die ersten Schatten der Dämmerung über Eldoria fielen, spürten die Dorfbewohner die aufkommende Gefahr. Valerius würde nicht untätig bleiben. Der Kampf um ihre Freiheit stand bevor, und sie mussten bereit sein, sich dem Unbekannten zu stellen. In diesem entscheidenden Moment wussten sie, dass sie nicht nur für sich selbst kämpften, sondern für die Zukunft ihrer Gemeinschaft, für die Hoffnung, die sie in ihren Herzen trugen.

10.2 Liora zeigt ihre Stärke im entscheidenden Kampf

Ein tiefes, bedrohliches Grau durchzog den Himmel über Eldoria, während die Dorfbewohner sich versammelten, um dem Unausweichlichen ins Auge zu sehen. Inmitten dieser aufgeladenen Atmosphäre spürte Kaelan das unruhige Pulsieren der Natur um ihn herum. Dies war der Moment, auf den sie alle gewartet hatten – der erste große Aufstand gegen Valerius. Doch in seinem Herzen nagte auch eine tiefe Besorgnis, nicht nur um die Dorfbewohner, sondern auch um Liora, die majestätische Löwin, die er so innig liebte.

Als die ersten Schreie der Rebellion durch das Dorf hallten, erhob sich Liora an seiner Seite. Ihre Augen leuchteten mit einer Intensität, die Kaelan in ihren Bann zog. Sie war nicht mehr das verletzte Löwenbaby, das er einst gefunden hatte; sie war zu einer kraftvollen Präsenz geworden, die Stärke und Hoffnung ausstrahlte. Ihre Transformation war nicht nur physisch, sondern auch spirituell – sie verkörperte den ungebrochenen Willen der Dorfbewohner, für ihre Freiheit zu kämpfen.

Die Dorfbewohner formierten sich, ihre Gesichter waren entschlossen, aber auch von Angst gezeichnet. Kaelan sah Tamsin, die mit erhobenen Fäusten vor der Menge stand, ihre Stimme durchdrang die Stille wie ein scharfer Pfeil. "Wir kämpfen nicht nur für uns selbst, sondern für alles, was wir lieben!", rief sie, und die Menge antwortete mit einem kollektiven Aufschrei der Zustimmung. In diesem Moment fühlte Kaelan, wie die Energie der Gemeinschaft um ihn herum pulsierte, und er wusste, dass sie zusammen stark waren.

"Liora, sei bereit", flüsterte Kaelan, während er die Löwin ansah. Ihre Antwort war ein tiefes, beruhigendes Brüllen, das durch die Luft schnitt und die Dorfbewohner anfeuerte. Sie war bereit, und mit ihr an ihrer Seite fühlte sich Kaelan unbesiegbar. Die Verbindung zwischen Mensch und Tier war nie deutlicher gewesen; Liora war nicht nur sein Begleiter, sondern auch ein Symbol für den Widerstand gegen die Tyrannei von Valerius.

Als die ersten Soldaten von Valerius das Dorf betraten, brach das Chaos los. Die Dorfbewohner stürzten sich in den Kampf, und Kaelan spürte, wie das Adrenalin durch seine Adern pumpte. Er kämpfte an der Front, seine botanischen Fähigkeiten nutzend, um die Dorfbewohner mit Heilkräutern zu unterstützen, während Liora an seiner Seite kämpfte, ihre mächtigen Pranken und scharfen Zähne als Waffe einsetzend. Ihre Bewegungen waren elegant und präzise, und sie inspirierte die Dorfbewohner, sich mutig dem Feind entgegenzustellen.

Doch während des Kampfes wurde Kaelan von einem Soldaten überrascht. Der Mann war groß und kräftig, und sein Gesicht war von einer brutalen Entschlossenheit geprägt. Kaelan fühlte sich für einen Moment hilflos, doch dann sah er Liora, die mit einem beeindruckenden Sprung zwischen ihm und dem Angreifer landete. Ihr Brüllen war ohrenbetäubend, und der Soldat zögerte, bevor er zurückwich. In diesem Augenblick wurde Kaelan klar, dass Liora nicht nur ein Tier war; sie war der lebendige Ausdruck ihrer gemeinsamen Hoffnung.

Die Schlacht tobte weiter, und die Dorfbewohner kämpften mit aller Kraft. Kaelan spürte die Hitze des Kampfes, die Schläge und Schreie um ihn herum, doch inmitten des Chaos fand er einen Moment der Klarheit. Er wusste, dass sie nicht nur für ihre Freiheit kämpften, sondern auch für die Zukunft von Eldoria. Jeder Schlag, den sie austeilten, war ein Schritt näher zur Befreiung von Valerius' Unterdrückung.

Als die Sonne hinter den Bergen verschwand und der Himmel in ein tiefes Rot getaucht wurde, fühlte Kaelan, wie die Hoffnung in ihm aufblühte. Liora war mehr als nur ein Löwe; sie war das Herzstück ihrer Rebellion, die Kraft, die sie alle zusammenhielt. Mit jedem gebrochenen Gegner, den sie besiegten, wuchs ihr Mut, und die Dorfbewohner begannen zu glauben, dass sie es schaffen konnten.

Doch der Preis des Kampfes war hoch. Verletzte lagen am Boden, und die Schreie der Verwundeten hallten in seinen Ohren wider. Kaelan wusste, dass sie diesen Kampf gewinnen mussten, aber die Realität des Krieges war brutal. In diesem Moment der Reflexion erkannte er, dass sie nicht nur für sich selbst kämpften, sondern auch für die, die sie verloren hatten. Diese Erkenntnis gab ihm die Kraft, weiterzukämpfen, und er wusste, dass Liora an seiner Seite siegen würde.

Mit einem letzten, entschlossenen Brüllen stürmte Liora voran, und Kaelan folgte ihr, bereit, alles zu geben. Der Kampf war noch lange nicht vorbei, aber in ihren Herzen brannte das Feuer der Hoffnung, und sie waren bereit, alles zu riskieren, um für ihre Freiheit zu kämpfen.

10.3 Ein Sieg, doch der Preis ist hoch

Der Kampf war beendet, und der Triumph der Dorfbewohner schwebte in der Luft wie der süße Duft blühender Blumen im Frühling. Während die Sonne über Eldoria sank, wurde die Freude über den Sieg von einem tiefen Schatten der Trauer durchzogen. Die Gesichter der Dorfbewohner waren gezeichnet von Erschöpfung und Schmerz, und die Erinnerungen an die gefallenen Freunde und Nachbarn schmerzten wie frische Wunden. Kaelan stand am Rand des Dorfes, seine Hände zitterten, als er die Szene vor sich betrachtete: Überall lagen Trümmer und die Überreste des Kampfes, und die Schreie der Verwundeten hallten in seinen Ohren wider.

Inmitten dieser Zerstörung war Liora, der majestätische Löwe, ein strahlendes Symbol der Hoffnung, doch selbst sie schien die Schwere des Augenblicks zu spüren. Ihr Fell glänzte im letzten Licht des Tages, aber ihre Augen waren voller Traurigkeit, als sie die Verletzten betrachtete. Kaelan trat näher, legte eine Hand auf ihren Kopf und spürte die Verbindung zwischen ihnen, die jetzt noch stärker war. "Wir haben gewonnen, Liora", flüsterte er, "aber der Preis war hoch."

Die Dorfbewohner hatten sich zusammengeschlossen, um Valerius zu besiegen, und in diesem Moment der Einheit lag eine Kraft, die sie nie zuvor gekannt hatten. Doch die Kosten dieses Sieges waren unermesslich. Viele hatten ihr Leben verloren, und die, die geblieben waren, trugen die Narben des Krieges sowohl körperlich als auch seelisch. Tamsin, die unerschütterliche Rebellin, stand neben Kaelan und beobachtete die Szene mit einem Ausdruck von Entschlossenheit und Trauer. "Wir müssen für sie kämpfen", sagte sie, ihre Stimme fest, "nicht nur für uns, sondern auch für die, die gefallen sind."

Kaelan nickte, doch in seinem Herzen wuchs die Angst. Was würde als Nächstes kommen? Valerius war besiegt, aber die Bedrohung, die er repräsentierte, war nicht einfach verschwunden. Der Kampf gegen die Tyrannei war noch lange nicht vorbei. "Wir müssen unsere Wunden heilen", antwortete er, "und uns auf das vorbereiten, was kommt." Tamsin sah ihn an, und in ihren Augen spiegelte sich die gleiche Unsicherheit, die ihn quälte. "Aber wie? Wie können wir nach all dem weitermachen?"

Die Antwort war nicht einfach. Elysia, die weise Mentorin, hatte oft von der Notwendigkeit gesprochen, die Wunden der Gemeinschaft zu heilen, bevor man weiterkämpfen konnte. Kaelan erinnerte sich an ihre Worte und wusste, dass es Zeit brauchte, um die Trauer zu verarbeiten und die verlorenen Seelen zu ehren. Doch während die Dorfbewohner sich um die Verletzten kümmerten und die Toten bestatteten, wuchs in Kaelan das Gefühl, dass sie bald wieder in den Kampf ziehen müssten. Die Welt war unberechenbar, und Valerius' Rache könnte nur einen Atemzug entfernt sein.

"Wir müssen zusammenhalten", sagte Kaelan schließlich, als er die versammelten Dorfbewohner ansah. "Wir haben bewiesen, dass wir stark sind, aber jetzt müssen wir auch zeigen, dass wir weise sind. Wir müssen lernen, aus unseren Verlusten zu wachsen und uns auf die kommenden Herausforderungen vorzubereiten." Tamsin nickte zustimmend, und die anderen Dorfbewohner begannen, sich um sie zu versammeln, ihre Gesichter von Entschlossenheit geprägt.

Doch trotz dieser Entschlossenheit blieb ein Gefühl der Unsicherheit in der Luft. Kaelan konnte die Frage nicht abschütteln, ob sie wirklich bereit waren, den nächsten Schritt zu gehen. Was, wenn Valerius zurückkehrte? Was, wenn die Dorfbewohner nicht stark genug waren, um die nächste Welle der Gewalt zu überstehen? Die Dunkelheit schien sich um sie zu schließen, und während die Sterne am Himmel aufleuchteten, spürte Kaelan, dass die Nacht nicht nur eine Zeit des Friedens war, sondern auch eine Zeit der Vorbereitung auf das, was kommen würde.

Als die Dorfbewohner sich um die Feuer versammelten, um die Toten zu betrauern und die Geschichten der Gefallenen zu erzählen, wusste Kaelan, dass sie nicht allein waren. Ihre Gemeinschaft war stark, und zusammen würden sie die Herausforderungen meistern, die vor ihnen lagen. Doch in seinem Herzen blieb die Vorahnung, dass der Kampf noch lange nicht vorbei war. Der Sieg war nur der Anfang eines neuen Kapitels, und während die Flammen in der Dunkelheit tanzten, spürte er, dass die wahre Prüfung erst bevorstand.

11
Die Narben des Krieges

11.1 Die Dorfbewohner trauern um ihre Verluste

Die ersten Strahlen der Morgensonne durchdrangen das Blätterdach, doch in Eldoria lastete eine erdrückende Trauer über der Luft. Obwohl die Dorfbewohner den Kampf gegen Valerius gewonnen hatten, war der Preis unermesslich hoch. In den vergangenen Tagen hatten sie nicht nur ihre Freiheit zurückgewonnen, sondern auch viele ihrer Liebsten verloren. Jeder Schritt über den Marktplatz war von einem tiefen Gefühl der Leere begleitet, das wie ein Schatten über ihren Seelen schwebte.

Am Rande des Dorfes versammelten sich die Menschen, um den gefallenen Helden zu gedenken. Kaelan stand unter einem alten Baum, dessen Äste sich wie schützende Arme über die Versammelten neigten. Sein Herz war schwer, als er die Gesichter seiner Nachbarn betrachtete. Die Augen waren rot und geschwollen von den Tränen, die sie in den letzten Tagen vergossen hatten. Hier war nicht nur der Verlust von Leben zu spüren, sondern auch der Verlust von Hoffnung und Vertrauen.

"Wir müssen stark sein", flüsterte Tamsin, die an seiner Seite stand. Ihre Stimme war fest, doch Kaelan konnte die Traurigkeit in ihren Augen sehen. "Für diejenigen, die nicht mehr hier sind." Sie hatte Recht, doch wie konnte man stark sein, wenn das Herz so gebrochen war? Kaelan erinnerte sich an die Gesichter der Gefallenen – Freunde, Nachbarn, die mit ihm gelacht und geweint hatten. Ihr Fehlen war wie ein Loch in der Gemeinschaft, das nicht einfach gefüllt werden konnte.

Die Trauerfeier begann mit dem Anzünden von Kerzen, jede Flamme ein Symbol für das Leben eines geliebten Menschen. Kaelan zündete eine Kerze für seinen Freund Aric an, der im Kampf gefallen war. Er dachte an die gemeinsamen Tage im Wald, an das Lachen und die Träume, die sie geteilt hatten. Nun war alles, was blieb, die Erinnerung an einen Mann, der für seine Überzeugungen gekämpft hatte. Tränen liefen ihm über die Wangen, während er sich fragte, ob er jemals wieder Freude empfinden könnte.

Die Dorfbewohner sangen ein Lied, das die Trauer und den Schmerz widerspiegelte, aber auch die Hoffnung auf Heilung. Die Melodie war sanft und melancholisch, und Kaelan ließ sich von der Musik tragen. Er fühlte, wie die Gemeinschaft um ihn herum sich zusammenschloss, jeder Einzelne in seinem Schmerz vereint. In diesem Moment wurde ihm klar, dass sie nicht allein waren. Sie hatten einander, und gemeinsam konnten sie die Wunden heilen, die der Krieg hinterlassen hatte.

Doch während die Zeremonie fortschritt, schlich sich eine dunkle Vorahnung in Kaelans Geist. Valerius war besiegt, aber seine Bedrohung schien nicht vollständig verschwunden. Die Dorfbewohner hatten zwar die körperliche Freiheit zurückgewonnen, doch die emotionalen Narben waren tief. Kaelan wusste, dass die Heilung Zeit brauchen würde, und dass die Wunden, die sie erlitten hatten, nicht einfach verschwinden würden.

Nach der Zeremonie versammelten sich die Dorfbewohner in kleinen Gruppen, um ihre Geschichten zu teilen. Kaelan hörte aufmerksam zu, als alte Frauen von ihren verlorenen Ehemännern erzählten und Kinder von ihren älteren Geschwistern, die nicht mehr zurückkehren würden. Jeder Bericht war ein weiterer Stein, der auf das bereits schwere Herz der Gemeinschaft gelegt wurde. Es war wichtig, diese Geschichten zu erzählen, um die Erinnerungen lebendig zu halten, doch es war auch schmerzhaft.

"Wir müssen uns gegenseitig unterstützen", sagte Tamsin, als sie sich zu Kaelan umdrehte. "Wir dürfen nicht zulassen, dass die Trauer uns zerbricht. Wir müssen für die kämpfen, die wir verloren haben." Kaelan nickte, fühlte jedoch die Schwere ihrer Worte. Wie sollten sie für die kämpfen, die nicht mehr da waren? Wie sollten sie die Leere füllen, die der Verlust hinterlassen hatte?

In den folgenden Tagen spürte Kaelan, wie die Trauer die Dorfbewohner weiterhin belastete. Es war, als ob die Sonne nie richtig aufgehen konnte, und der Nebel der Trauer schien sich über das gesamte Dorf gelegt zu haben. Doch inmitten dieser Dunkelheit begann sich etwas zu regen. Die Dorfbewohner kamen zusammen, um zu helfen, die Felder zu bestellen und die Häuser zu reparieren. Sie arbeiteten hart, nicht nur um ihre Gemeinschaft wieder aufzubauen, sondern auch um einander Trost zu spenden.

Kaelan fand Trost in der Arbeit mit den Pflanzen, die er so liebte. Er wusste, dass die Natur eine Heilerin war, und während er die Erde bearbeitete, fühlte er, wie ein Teil von ihm begann, sich zu regenerieren. Vielleicht war dies der Weg zur Heilung – durch die Verbindung zur Natur und durch die Unterstützung seiner Nachbarn. In den kommenden Wochen würden sie gemeinsam lernen, die Wunden zu heilen und die Erinnerungen an ihre Verlorenen in Ehren zu halten.

Die Trauer würde nie ganz verschwinden, aber sie würde sich verändern. So wie die Jahreszeiten sich wandeln, würden auch die Dorfbewohner lernen, mit ihrem Schmerz zu leben und gleichzeitig neue Hoffnung zu schöpfen. Und vielleicht, nur vielleicht, würde die Sonne eines Tages wieder hell über Eldoria scheinen.

11.2 Kaelan kämpft mit seinen Schuldgefühlen

Die Dunkelheit hatte sich über Eldoria gelegt und das Dorf in ein sanftes, melancholisches Licht getaucht. In seinem bescheidenen Botanikerhaus saß Kaelan allein, umgeben von den Pflanzen, die ihm so viel bedeuteten. Doch heute schien selbst ihre üppige grüne Pracht nicht in der Lage zu sein, seinen Kummer zu lindern. Sein Blick glitt über die Fensterbank, wo Liora, das Löwenbaby, friedlich schlummerte. Ihre Wunden waren verheilt, doch die Narben des Kampfes, der sie zusammengeführt hatte, brannten noch immer in seinem Gedächtnis.

Die Schreie der Dorfbewohner hallten in seinen Ohren wider, die Schrecken, die Valerius über sie gebracht hatte, blieben unauslöschlich. Jeder Verlust, jede vergossene Träne lastete schwer auf seinen Schultern. Kaelan hatte sich entschieden, für seine Gemeinschaft zu kämpfen, doch was war der Preis dafür? Er fühlte sich schuldig, als hätte er die Verantwortung für den Schmerz und die Verletzungen seiner Nachbarn auf sich geladen. "Hätte ich mehr tun können? Hätte ich sie retten können?" Diese quälenden Fragen ließen ihn nicht los.

Mit geschlossenen Augen versuchte Kaelan, sich an die Momente des Kampfes zu erinnern. Die Energie, die er und die Dorfbewohner aufgebracht hatten, um Valerius entgegenzutreten, war überwältigend gewesen. Doch jetzt, in der Stille der Nacht, überkam ihn die Einsamkeit. Er fühlte sich wie ein Versager, als ob er die Menschen, die ihm am Herzen lagen, im Stich gelassen hätte. Es war nicht nur der Verlust von Leben, sondern auch der Verlust von Hoffnung und Sicherheit, der ihn niederdrückte.

"Ich hätte stärker sein müssen", murmelte er leise zu sich selbst. "Ich hätte sie besser schützen müssen." Diese Gedanken durchdrangen sein Herz wie ein kalter Wind, der durch die Bäume draußen pfiff. Er dachte an die Gesichter seiner Freunde, die in der Schlacht gefallen waren, und an die Familien, die nun ohne Väter und Brüder zurückgelassen waren. Jedes Lächeln, das er zuvor gesehen hatte, war nun von Trauer überschattet.

Ein leises Geräusch lenkte ihn aus seinen düsteren Gedanken. Liora bewegte sich im Schlaf und öffnete kurz die Augen, als ob sie seine innere Qual spürte. Ihr Blick war sanft und verständnisvoll, und für einen Moment fühlte Kaelan, dass sie ihn verstand. "Du bist mein Licht in dieser Dunkelheit", flüsterte er und streichelte ihr weiches Fell. "Aber was ist, wenn ich nicht genug bin? Was, wenn ich nicht in der Lage bin, dich oder die anderen zu beschützen?"

In diesem Moment wurde ihm klar, dass er nicht allein war. Liora war nicht nur ein Symbol für Hoffnung, sondern auch ein Teil seiner Verantwortung. Er hatte sie gerettet, und jetzt war es an der Zeit, auch für die anderen zu kämpfen. Aber wie konnte er diese Last tragen, wenn er sich selbst als unzulänglich empfand? Wie konnte er die Dorfbewohner führen, wenn er nicht einmal mit seinen eigenen Schuldgefühlen umgehen konnte?

Die Erinnerungen an den Kampf gegen Valerius kamen zurück. Der Schock, die Wut, die Entschlossenheit – all das war während des Kampfes präsent gewesen. Doch jetzt, in der Stille, schien es, als wäre alles, was er erreicht hatte, durch die Verluste, die er erlitten hatte, entwertet worden. "Ich muss stark sein", sagte er sich. "Für Liora, für die Dorfbewohner. Ich kann nicht zulassen, dass meine Schuld mich lähmt."

Kaelan wusste, dass er seine Schuldgefühle nicht einfach ablegen konnte. Sie waren Teil von ihm, Teil seines Wachstums. Doch er musste lernen, mit ihnen umzugehen, sie zu akzeptieren und sie in etwas Positives zu verwandeln. "Ich werde für sie kämpfen", versprach er sich. "Ich werde nicht zulassen, dass ihre Opfer umsonst waren."

Mit einem tiefen Atemzug stand Kaelan auf und ging zum Fenster. Draußen leuchteten die Sterne hell am Himmel, und er fühlte sich plötzlich weniger allein. "Ich werde die Vergangenheit akzeptieren", murmelte er, "um voranzukommen." Er wusste, dass der Weg vor ihm steinig sein würde, aber er war bereit, ihn zu gehen. Für Liora, für die Dorfbewohner und für die Hoffnung, die sie alle miteinander verband.

11.3 Tamsin und Kaelan finden Trost in der Liebe

Ein sanfter Schleier der Dämmerung legte sich über Eldoria, während der Himmel in zarte Pastelltöne getaucht war und die letzten Strahlen der Sonne die Narben des Krieges beleuchteten. Tamsin und Kaelan saßen dicht beieinander auf einem verwitterten Baumstamm, der einst ein Spielplatz für die Kinder des Dorfes gewesen war. Jetzt war er ein Ort der Besinnung, ein stiller Zeuge ihrer Trauer und der Hoffnung, die in ihren Herzen keimte. Die umgebende Stille war erdrückend, nur unterbrochen vom leisen Rascheln der Blätter im Wind und dem fernen Rufen der Vögel, die heimkehrten.

"Es fühlt sich an, als ob die Welt um uns herum zerbricht", flüsterte Tamsin, ihre Stimme kaum mehr als ein Hauch. Sie wandte ihren Blick den verwüsteten Feldern zu, die einst voller Leben waren, und spürte, wie die Tränen in ihren Augen brannten. "So viele haben ihr Leben verloren, und ich frage mich, ob wir jemals wieder so leben können wie zuvor."

Kaelan drehte sich zu ihr, seine grünen Augen suchten nach den richtigen Worten. "Wir müssen stark sein, Tamsin. Wir haben noch einander, und das ist mehr wert als alles andere. Unsere Liebe kann uns helfen, diese Dunkelheit zu überwinden." Er nahm ihre Hand und drückte sie sanft, als wollte er ihr die Wärme seiner eigenen Hoffnung geben.

In diesem Moment spürte Tamsin, wie eine Welle der Zuversicht durch sie hindurchfloss. Kaelan war nicht nur ein Freund; er war ihr Anker in dieser stürmischen See aus Schmerz und Verlust. "Du hast recht", sagte sie und lächelte schwach. "Wir müssen für die kämpfen, die wir verloren haben, und für die, die noch hier sind."

Die beiden blickten in die Ferne, wo die ersten Sterne am Himmel erschienen. Es war ein Zeichen, dass die Nacht kommen würde, aber auch ein Versprechen für einen neuen Tag. "Wir werden das Dorf wieder aufbauen", erklärte Kaelan mit fester Stimme. "Gemeinsam können wir die Wunden heilen, die Valerius hinterlassen hat. Wir werden Liora und die Natur beschützen, und wir werden die Hoffnung zurückbringen."

Tamsin nickte, und in ihrem Herzen blühte eine neue Entschlossenheit auf. "Ja, wir werden es tun. Aber nicht nur für uns. Für alle, die hier leben, und für die, die nicht mehr da sind." Ihre Augen funkelten vor Entschlossenheit, und sie fühlte, wie die Liebe zu Kaelan sie stärker machte.

"Was, wenn wir scheitern? Was, wenn Valerius zurückkommt?" fragte sie, während die Sorgen über die Zukunft wie dunkle Wolken über ihrem Kopf schwebten.

"Dann kämpfen wir weiter", antwortete Kaelan, seine Stimme fest und beruhigend. "Wir werden nicht aufgeben. Jeder Tag, den wir zusammen verbringen, gibt uns die Kraft, weiterzumachen. Unsere Liebe ist wie Liora – stark und unbezähmbar. Sie wird uns führen."

Als die Nacht vollständig hereinbrach, legte Tamsin ihren Kopf an Kaelans Schulter. In diesem Moment fühlte sie sich geborgen, als ob die Welt um sie herum für einen kurzen Augenblick stillstand. "Ich habe Angst, Kaelan", gestand sie leise. "Angst vor dem, was kommt."

"Das ist in Ordnung", erwiderte er sanft. "Angst ist menschlich. Aber lass uns diese Angst in Mut verwandeln. Lass uns gemeinsam träumen von einer besseren Zukunft, in der Eldoria wieder erblüht."

Sie saßen lange so da, eingehüllt in die Dunkelheit und die Wärme ihrer Verbindung. Die Erinnerungen an die verlorenen Seelen schmerzten, doch die Liebe, die sie teilten, war ein Licht, das selbst die tiefste Dunkelheit durchdringen konnte. Es war ein Licht, das sie ermutigte, den nächsten Schritt zu wagen, egal wie herausfordernd der Weg auch sein mochte.

In den folgenden Tagen arbeiteten die Dorfbewohner zusammen, um ihre Gemeinschaft wieder aufzubauen. Tamsin und Kaelan führten die anderen an, und ihre Liebe wurde zu einem Symbol der Hoffnung für alle. Während sie die Wunden des Krieges heilten, lernten sie, dass die wahre Stärke nicht nur im Kampf lag, sondern auch in der Fähigkeit, einander zu unterstützen und zu lieben.

Als die ersten Blumen im Frühling blühten, war es, als ob Eldoria selbst wieder zum Leben erwachte. Die Dorfbewohner fanden Trost in der Natur, und die Erinnerung an die Gefallenen wurde zu einem Teil ihrer gemeinsamen Geschichte. Tamsin und Kaelan wussten, dass sie zusammen alles erreichen konnten, solange sie an die Kraft ihrer Liebe glaubten.

Und so endete das Kapitel mit einem Gefühl der Hoffnung, während die Dorfbewohner entschlossen waren, ihre Gemeinschaft wieder aufzubauen und eine neue Zukunft zu gestalten, in der die Narben des Krieges zwar sichtbar, aber nicht mehr die einzigen Geschichten waren, die erzählt wurden.

12
Valerius' gnadenlose Rache

12.1 Valerius plant einen verheerenden Gegenschlag

In der bedrückenden Stille seines prächtigen Anwesens, umhüllt von schweren Vorhängen und dem beißenden Geruch von verbranntem Holz, saß Valerius an einem massiven Eichentisch. Die flackernden Kerzen warfen gespenstische Schatten an die Wände, während er über die Karten und Pläne gebeugt war, die vor ihm ausgebreitet lagen. Seine kalten blauen Augen funkelten vor Wut und Berechnung. Eldoria hatte sich gegen ihn erhoben, und er würde es nicht dulden, dass diese Unverschämtheit ungestraft blieb.

"Sie glauben, sie können sich gegen mich erheben?", murmelte er leise, während seine Finger über die Umrisse des Dorfes glitten. "Sie werden bald lernen, dass ich der Herrscher dieser Lande bin." In seinem Inneren brodelte eine Mischung aus Zorn und Verachtung für die Dorfbewohner, die sich so mutig gegen seine Autorität auflehnten. Sie hatten die Frechheit, sich zu versammeln, zu planen und von einer Zukunft ohne ihn zu träumen. Diese Vorstellung war unerträglich.

Valerius wusste, dass er handeln musste, und zwar schnell. Er stellte sich vor, wie die Dorfbewohner in Angst und Schrecken versetzt würden, wenn sie die volle Wucht seiner Macht zu spüren bekämen. "Ein verheerender Gegenschlag", dachte er, "um sie zu zerschmettern und ihnen zu zeigen, dass Widerstand nicht toleriert wird." Er entblößte seine Zähne in einem schrecklichen Grinsen, das mehr nach einem Raubtier als nach einem Menschen aussah.

Er begann, seine Pläne zu skizzieren, während er die verschiedenen Strategien durchging. "Zuerst müssen wir ihre Anführer isolieren", sprach er zu sich selbst. "Kaelan, der Botaniker, ist ein Schwachpunkt. Wenn wir ihn ausschalten, wird die Gemeinschaft in Chaos versinken." Er erinnerte sich an die Gerüchte über Kaelans enge Bindung zu dem verletzten Löwenbaby, das er gerettet hatte. "Wenn wir Liora fangen oder sogar töten, wird das den Rest der Dorfbewohner brechen", fügte er hinzu, seine Stimme wurde lauter, während die Wut in ihm wuchs.

Die Gedanken an die Dorfbewohner, die in ihrem Dorf in Harmonie lebten, während er in seinem Palast gefangen war, trieben ihn weiter an. "Sie haben die Natur, aber ich habe die Macht", dachte er und fühlte sich durch diesen Gedanken bestärkt. Er würde nicht nur ihre Ressourcen ausbeuten, sondern auch ihre Seelen brechen. "Ein Beispiel muss gesetzt werden", murmelte er und griff nach dem Glas Wein, das neben ihm stand. Der bittere Geschmack des Weins spiegelte die Bitterkeit seines Plans wider.

Während er seine Strategie weiter ausarbeitete, hörte er das Geräusch von Hufen, die auf dem Kiesweg vor seinem Anwesen klapperten. Ein Bote, der seine Befehle überbrachte. Valerius winkte ab, und der Bote trat ein, seine Miene war angespannt. "Mein Herr, die Dorfbewohner haben sich versammelt. Sie scheinen zu planen, wie sie sich gegen Ihre Herrschaft wehren können."

"Das ist gut", antwortete Valerius mit einem diabolischen Lächeln. "Lass sie glauben, sie hätten eine Chance. Es wird umso befriedigender sein, sie zu besiegen, wenn sie am wenigsten damit rechnen." Der Bote nickte, unsicher, ob er den Enthusiasmus seines Herrn teilen sollte. "Wir werden sie in ihren eigenen Netzen fangen", fuhr Valerius fort. "Lass uns ihre Schwächen ausnutzen. Ich will, dass sie fühlen, was es heißt, gegen mich zu kämpfen."

Der Bote verließ den Raum, und Valerius blieb allein mit seinen finsteren Gedanken. Er stellte sich vor, wie die Dorfbewohner, einst voller Hoffnung und Mut, in Panik und Verzweiflung versinken würden. "Sie werden mich fürchten", flüsterte er, während er seine Pläne weiter verfeinerte. "Ich werde sie alle bestrafen."

Die Dunkelheit des Raumes schien sich um ihn zu verdichten, während er sich in seine Überlegungen vertiefte. Valerius war fest entschlossen, die Dorfbewohner zu brechen und seine Macht zu demonstrieren. In seinem Herzen brannte der Wunsch nach Rache, und er wusste, dass die Zeit gekommen war, um zu handeln. Die Vorbereitungen für seinen verheerenden Gegenschlag waren im Gange, und die Dorfbewohner würden bald die Konsequenzen ihres Widerstands zu spüren bekommen.

In der Ferne, in den Wäldern von Eldoria, ahnte Kaelan nichts von dem Unheil, das sich zusammenbraute. Er war zu beschäftigt mit Liora, dem verletzten Löwenbaby, das er geheilt hatte. Doch die Bedrohung von Valerius schwebte wie ein dunkler Schatten über dem Dorf, und die Dorfbewohner mussten sich auf die bevorstehenden Herausforderungen vorbereiten. Die Dringlichkeit und die Gefahr, die von Valerius ausging, waren greifbar, und die Notwendigkeit, sich zu verteidigen, wurde immer drängender.

12.2 Die Dorfbewohner bereiten sich auf den bevorstehenden Konflikt vor

Langsam senkte sich die Sonne hinter den majestätischen Bergen, während die Dorfbewohner von Eldoria in ihren Häusern und auf dem Marktplatz versammelt waren. Ein Gefühl der Anspannung lag in der Luft, schwer wie der Duft von nassem Holz nach einem Regen. Jeder wusste, dass die Zeit des Wartens vorbei war. Valerius, der tyrannische Landbesitzer, hatte seine finsteren Pläne bereits geschmiedet, und die Dorfbewohner mussten sich darauf vorbereiten, ihre Heimat zu verteidigen.

Kaelan stand am Rand des Platzes, umgeben von den Gesichtern seiner Nachbarn, die alle von Sorgen und Ängsten geprägt waren. Er spürte das Gewicht ihrer Erwartungen auf seinen Schultern. "Wir müssen zusammenhalten", begann er, seine Stimme fest und klar. "Wir haben Liora, und sie ist unser Symbol für Hoffnung. Wir dürfen nicht zulassen, dass Valerius uns einschüchtert." Seine Worte hallten durch die Menge, doch er konnte die Zweifel in den Augen der Menschen sehen. Was, wenn ihre Bemühungen nicht ausreichten? Was, wenn sie scheiterten?

Tamsin trat an seine Seite, ihre Augen leuchteten vor Entschlossenheit. "Wir sind nicht allein, Kaelan. Jeder hier hat etwas zu verlieren. Jeder hier hat die Kraft, sich zu wehren." Sie wandte sich an die Versammelten und rief: "Wir müssen uns organisieren! Wir müssen einen Plan schmieden!" Ihre Leidenschaft war ansteckend, und die Dorfbewohner begannen, sich zu sammeln, ihre Stimmen zu erheben, um ihre Entschlossenheit zu zeigen.

Während die Diskussionen an Intensität gewannen, spürte Kaelan, wie sich die Nervosität in ihm verstärkte. Er dachte an Liora, das verletzte Löwenbaby, das er gerettet hatte. Sie war nicht nur ein Tier; sie war ein Teil von ihm geworden, ein Teil seiner Identität und seines Kampfes. Doch auch sie war verletzlich. Was würde geschehen, wenn Valerius sie fand? Diese Gedanken nagten an ihm, während er versuchte, sich auf die bevorstehenden Herausforderungen zu konzentrieren.

Die Dorfbewohner begannen, Materialien zu sammeln, um sich zu wappnen. Einige suchten nach alten Werkzeugen, andere sammelten Holz und Stoffe, um Barrikaden zu errichten. Kaelan beobachtete, wie die Gemeinschaft zusammenkam, um sich gegenseitig zu unterstützen. Es war eine beeindruckende Demonstration von Solidarität, aber auch eine Erinnerung an die Gefahr, die vor ihnen lag. Jeder wusste, dass sie möglicherweise nicht alle zurückkehren würden.

"Was ist, wenn wir verlieren?", flüsterte ein älterer Mann, dessen Hände zitterten, als er einen Stock hielt. "Was, wenn Valerius uns besiegt?" Die Frage hing schwer in der Luft, und für einen Moment war es still. Kaelan fühlte, wie sein Herz schneller schlug. Er musste diese Angst zerstreuen. "Wir kämpfen nicht nur für uns selbst", antwortete er mit fester Stimme. "Wir kämpfen für unsere Kinder, für unsere Zukunft. Wir kämpfen für das, was wir lieben."

Ein Raunen ging durch die Menge, und die Dorfbewohner schienen sich in ihrem Mut zu stärken. Tamsin trat vor und forderte die anderen auf, sich zu versammeln. "Lasst uns einen Plan entwickeln! Wir müssen wissen, wo wir Valerius treffen können, bevor er uns trifft. Wir müssen vorbereitet sein!"

Die Dorfbewohner nickten zustimmend, und die Gespräche wurden lauter, während sie Strategien austauschten. Kaelan spürte, wie sich eine Welle der Entschlossenheit in ihm aufbaute. Er wollte nicht nur für Eldoria kämpfen, sondern auch für Liora, die ihm so viel bedeutete. Die Vorstellung, sie zu verlieren, war unerträglich.

Doch während sie sich auf den bevorstehenden Konflikt vorbereiteten, schlich sich ein Gefühl der Unruhe in die Herzen der Dorfbewohner. Jeder wusste, dass die kommenden Tage entscheidend sein würden. Valerius war kein gewöhnlicher Feind; er war skrupellos und bereit, alles zu tun, um seine Macht zu erhalten. Kaelan sah in die Gesichter seiner Nachbarn und wusste, dass sie sich auf eine harte Prüfung vorbereiteten.

"Wir müssen stark bleiben", sagte Tamsin, ihre Stimme voller Überzeugung. "Egal, was passiert, wir sind eine Gemeinschaft. Wir werden zusammenstehen, egal was kommt." Ihre Worte waren ein Lichtstrahl in der Dunkelheit, und Kaelan fühlte, wie die Angst in ihm schwand. Gemeinsam würden sie kämpfen, und vielleicht, nur vielleicht, würden sie siegen.

Als die Nacht hereinbrach, war der Platz beleuchtet von kleinen Fackeln, die ein warmes Licht auf die Gesichter der Dorfbewohner warfen. Kaelan wusste, dass sie sich auf einen Kampf vorbereiteten, der nicht nur um ihre Freiheit, sondern auch um ihr Überleben ging. Die Vorbereitungen waren in vollem Gange, und während die Dorfbewohner sich auf den bevorstehenden Konflikt konzentrierten, wurde ihnen klar, dass sie nicht nur für sich selbst kämpften, sondern für die Zukunft von Eldoria und all das, was sie liebten.

12.3 Ein Gefühl der Unruhe breitet sich aus

Als die Dämmerung über Eldoria hereinbrach, hüllte sie das Dorf in eine bedrückende Stille, die wie ein schwerer Schleier auf den Dorfbewohnern lastete. In ihren Häusern bewegten sich die Menschen, doch ihre Gesichter waren von Sorgen und Ängsten gezeichnet. Kaelan saß auf der Veranda seines kleinen Hauses und beobachtete, wie die letzten Sonnenstrahlen hinter den Bergen verschwanden. In seinem Herzen nagte die Unruhe, die er in den letzten Tagen bei seinen Nachbarn wahrgenommen hatte. Es war nicht nur die drohende Gefahr durch Valerius, die sie beunruhigte; es war das Gefühl der Ohnmacht, das sich wie ein Schatten über die Gemeinschaft legte.

In den vergangenen Wochen hatten die Gespräche der Dorfbewohner immer wieder die finsteren Pläne des tyrannischen Landbesitzers berührt. Valerius' Absichten waren unmissverständlich: Er wollte die Ressourcen des Dorfes ausbeuten und die Freiheit der Menschen unterdrücken. Kaelan konnte die Angst in den Augen seiner Freunde erkennen, die sich fragten, ob sie in der Lage sein würden, sich gegen diese Bedrohung zu behaupten. Das Gefühl der Dringlichkeit wuchs, während sie sich auf den bevorstehenden Konflikt vorbereiteten, und die Ungewissheit nagte an ihrem Mut.

Kaelan erinnerte sich an die Worte von Elysia, seiner Mentorin, die oft betont hatte, dass die Verbindung zwischen Mensch und Natur die stärkste Waffe gegen Unterdrückung sei. Doch wie konnte er diese Verbindung nutzen, wenn die Dunkelheit von Valerius über ihnen schwebte? Er fühlte sich hin- und hergerissen zwischen seiner Loyalität zur Natur und der Verantwortung, die er für seine Gemeinschaft trug. Diese innere Zerrissenheit ließ ihn nicht los und verstärkte die Unruhe in seinem Herzen.

Während er darüber nachdachte, bemerkte er Tamsin, die am anderen Ende der Straße stand. Ihre Augen funkelten vor Entschlossenheit, doch auch sie konnte die Angst nicht verbergen, die in ihrer Miene lag. Sie war eine Kämpferin, bereit, für ihre Überzeugungen einzustehen, doch selbst sie schien von der Schwere der Situation überwältigt. Kaelan wusste, dass sie eine Anführerin war, die andere inspirieren konnte, aber auch sie benötigte Unterstützung, um die Last der Verantwortung zu tragen.

"Wir müssen etwas tun, Kaelan," rief Tamsin plötzlich, als sie näher trat. "Wir können nicht einfach abwarten, bis Valerius zuschlägt. Wir müssen uns vorbereiten, und zwar jetzt!" Ihre Stimme war fest, doch in ihren Augen lag eine Unsicherheit, die Kaelan nicht entging. Er nickte, um ihr Mut zuzusprechen, aber in seinem Inneren brodelten die Fragen: Was konnten sie wirklich tun? Hatten sie die Kraft, sich gegen einen so mächtigen Feind zu erheben?

Die Dorfbewohner hatten sich in den letzten Tagen versammelt, um über ihre Strategie zu diskutieren, doch die Unruhe blieb. Einige waren optimistisch, andere hingegen schienen resigniert. Kaelan spürte, wie die Spannungen innerhalb der Gemeinschaft zunahmen. Es war, als ob die Luft selbst von der Angst durchzogen war, die sich wie ein unsichtbares Netz um sie alle legte. Jeder war sich der Gefahr bewusst, die Valerius darstellte, und die Frage, ob sie zusammenhalten könnten, um ihn zu besiegen, wurde immer drängender.

"Wir müssen uns auf unsere Stärken besinnen," sagte Kaelan schließlich, als er die Versammlung ansprach. "Wir sind mehr als nur Einzelne; wir sind eine Gemeinschaft. Wenn wir zusammenarbeiten, können wir Valerius zeigen, dass wir uns nicht unterkriegen lassen." Seine Worte hallten in der Stille wider, und er hoffte, dass sie die Dorfbewohner ermutigen würden. Doch als er in die Gesichter seiner Nachbarn blickte, sah er, dass die Unsicherheit tief verwurzelt war.

Die Nacht brach herein, und die Sterne leuchteten hell am Himmel, doch in den Herzen der Dorfbewohner blieb die Dunkelheit. Kaelan wusste, dass die Zeit drängte. Sie mussten sich entscheiden, ob sie bereit waren, für ihre Freiheit zu kämpfen, oder ob sie sich dem Schicksal fügen würden, das Valerius für sie vorgesehen hatte. In dieser entscheidenden Stunde war die Unruhe nicht nur ein Zeichen der Angst, sondern auch ein Aufruf zur Handlung. Die Dorfbewohner mussten sich ihrer Ängste stellen und den Mut finden, für das zu kämpfen, was ihnen lieb war. Der bevorstehende Konflikt würde nicht nur über ihr Schicksal entscheiden, sondern auch über die Zukunft von Eldoria selbst.

13
Die folgenschwere Entscheidung

13.1 Kaelan steht vor einer entscheidenden Wahl

Sanfte Brisen spielten mit den Blättern der Bäume, während Kaelan auf dem schmalen Pfad verweilte, der zu seinem geliebten Dorf Eldoria führte. Die Sonnenstrahlen drangen durch das dichte Blätterdach und malten lebendige Muster auf den Boden, doch in seinem Herzen tobte ein Sturm. Vor ihm lag eine Wahl, die nicht nur sein Schicksal, sondern auch das seiner Heimat prägen würde. Er fühlte sich hin- und hergerissen zwischen zwei Welten: der Welt der Menschen, die ihm am Herzen lagen, und der unberührten Natur, die ihn mit tiefem Sinn erfüllte.

In den vergangenen Wochen hatte sich die Bedrohung durch Valerius, den tyrannischen Landbesitzer, immer mehr verdichtet. Seine finsteren Pläne, die Ressourcen des Dorfes auszubeuten, waren längst keine Gerüchte mehr. Die Dorfbewohner hatten bereits erste Angriffe erlebt, und die Angst war greifbar. Kaelan wusste, dass sie sich wehren mussten, doch wie konnte er gegen einen Mann kämpfen, der nicht nur Macht, sondern auch die Kontrolle über die Natur selbst anstrebte?

Sein Blick fiel auf Liora, das Löwenbaby, das er in den Wäldern gefunden und großgezogen hatte. Sie war nicht nur ein Tier für ihn; sie war ein Symbol für Hoffnung und Widerstand. In ihren Augen sah er die Unschuld und die Kraft der Natur, die er beschützen wollte. Doch während er an ihrer Seite stand, spürte er auch die Last der Verantwortung, die auf seinen Schultern lag. Sollte er für das Dorf kämpfen und seine Loyalität zur Gemeinschaft beweisen, oder sollte er seine Verbindung zur Natur wahren und für das eintreten, was er als richtig erachtete?

Kaelan setzte sich auf einen umgestürzten Baumstamm und ließ den Kopf sinken. Erinnerungen an seine Kindheit kamen zurück, als er mit seinen Freunden im Wald spielte, unbeschwert und voller Freude. Damals hatte er nie darüber nachgedacht, dass die Natur eines Tages bedroht sein könnte. Jetzt, wo die Gefahr so nah war, wurde ihm bewusst, dass er sich entscheiden musste. Sollte er den Mut aufbringen, für die Menschen zu kämpfen, die ihm so viel bedeuteten, oder würde er die Verbindung zur Natur opfern, die ihn geprägt hatte?

Die Worte von Elysia, seiner Mentorin, hallten in seinem Kopf wider. "Die Balance zwischen Mensch und Natur ist heilig, Kaelan. Du musst herausfinden, wo deine Loyalitäten liegen." Diese Worte waren wie ein Echo in seinem Geist, und er wusste, dass er ihre Weisheit brauchte, um die richtige Entscheidung zu treffen. Doch wie konnte er diese Balance finden, wenn die Welt um ihn herum in Chaos versank?

Er stand auf und blickte in die Ferne, wo die Umrisse des Dorfes sichtbar wurden. Die Menschen dort zählten auf ihn, und die Verantwortung, die er für sie trug, war erdrückend. Tamsin, die rebellische Dorfbewohnerin, hatte ihn oft ermutigt, sich gegen Valerius zu erheben. Ihre Leidenschaft und Entschlossenheit hatten ihn inspiriert, doch er wusste, dass jeder Kampf auch Opfer forderte. Was, wenn er scheiterte? Was, wenn er nicht nur seine eigene Freiheit, sondern auch die der Dorfbewohner aufs Spiel setzte?

Kaelan fühlte, wie sein Herz schneller schlug. Der Druck, die Erwartungen der Dorfbewohner zu erfüllen, lastete schwer auf ihm. Er wollte nicht nur für sie kämpfen, sondern auch für die Natur, die ihm so viel gegeben hatte. Er erinnerte sich an die Schönheit der Wälder, die sanften Flüsse und die majestätischen Berge, die Eldoria umgaben. Diese Landschaft war nicht nur sein Zuhause; sie war ein Teil von ihm. Doch konnte er diese Verbindung aufrechterhalten, während er gleichzeitig für die Menschen kämpfte, die er liebte?

Ein leises Knurren riss ihn aus seinen Gedanken. Liora war aufgestanden und sah ihn mit ihren großen, leuchtenden Augen an. In diesem Moment verstand Kaelan, dass er nicht allein war. Die Verbindung zwischen ihnen war stark, und sie symbolisierte die Hoffnung, die er in seinem Herzen trug. Er wusste, dass er für sie und für das Dorf kämpfen musste, aber die Frage blieb: Wie konnte er das tun, ohne seine Loyalität zur Natur zu verraten?

Mit einem tiefen Atemzug entschied Kaelan, dass er die Antwort in sich selbst finden musste. Er würde Elysia aufsuchen und ihre Weisheit in Anspruch nehmen. Vielleicht konnte sie ihm helfen, die Balance zu finden, die er so dringend benötigte. Während er den Weg zurück ins Dorf einschlug, fühlte er sich entschlossener denn je. Die Zeit des Zögerns war vorbei. Er würde für das kämpfen, was er liebte, und die Entscheidung, die er treffen musste, würde sein Schicksal und das Schicksal von Eldoria für immer verändern.

13.2 Elysia warnt vor den möglichen Konsequenzen

Die Dämmerung legte sich sanft über Eldoria, während die leisen Melodien des Waldes von einem unbehaglichen Gefühl der Unruhe durchzogen wurden. Kaelan saß auf einem umgestürzten Baumstamm, seine Gedanken wirbelten wie die Blätter im Wind. Er hatte Elysia um Rat gebeten, doch jetzt, da sie vor ihm stand, fühlte er sich von der Schwere ihrer Worte erdrückt. Ihre Augen, tief und weise, schienen die Geheimnisse der Natur zu kennen, und sie waren jetzt auf ihn gerichtet.

"Kaelan," begann Elysia mit einer Stimme, die so sanft war wie das Rascheln der Blätter, "du stehst an einem Scheideweg. Deine Entscheidungen werden nicht nur dein Schicksal bestimmen, sondern auch das derer, die du liebst." Ihre Hände umschlossen ihren Stab, als würde sie sich selbst Halt geben. "Die Verbindung zur Natur ist ein Geschenk, aber auch eine Verantwortung. Du musst die Balance wahren."

Kaelan spürte, wie sich ein Kloß in seinem Hals bildete. Er dachte an Liora, das verletzte Löwenbaby, das er gerettet hatte. Die Vorstellung, dass seine Entscheidungen Auswirkungen auf das Leben dieser Kreatur haben könnten, schnürte ihm die Brust zu. "Aber was soll ich tun? Valerius wird nicht aufhören, bis er alles zerstört hat, was uns lieb ist. Ich kann nicht einfach zusehen!"

Elysia nickte verständnisvoll, ihre Miene ernst. "Ich verstehe deinen Zorn, aber Gewalt bringt nur mehr Gewalt. Wenn du für das Dorf kämpfen willst, musst du zuerst verstehen, was du beschützt. Die Natur ist nicht nur eine Kulisse für unseren Kampf; sie ist Teil von uns. Wenn du die Balance zwischen Mensch und Natur verlierst, wird die Zerstörung nicht nur Valerius betreffen, sondern auch dich und deine Freunde."

Kaelan fühlte, wie sich ein innerer Konflikt in ihm regte. Er wollte kämpfen, wollte die Dorfbewohner beschützen, doch Elysias Worte hallten in seinem Kopf wider. "Was ist der Preis für diesen Kampf? Was, wenn ich scheitere?"

"Jede Entscheidung hat ihren Preis, Kaelan. Du musst bereit sein, die Konsequenzen zu tragen. Es gibt keinen einfachen Weg. Du wirst Schmerzen und Verluste erleben, aber auch Hoffnung und Gemeinschaft finden. Du bist nicht allein in diesem Kampf." Elysia legte eine Hand auf seine Schulter, und für einen Moment fühlte er sich getröstet von ihrer Präsenz.

"Die Verbindung zur Natur ist stark, aber sie erfordert Respekt. Wenn du die Wunden der Erde ignorierst, wirst du auch die Wunden deiner eigenen Seele ignorieren. Liora ist nicht nur ein Symbol für deinen Kampf; sie ist ein Teil von dir geworden. Achte darauf, wie du mit ihr umgehst, denn sie wird dir zeigen, was es bedeutet, wirklich zu leben."

Kaelan sah in Elysias Augen und erkannte die Wahrheit in ihren Worten. Er hatte Liora nicht nur gerettet; er hatte eine Verantwortung übernommen, die weit über ihn hinausging. "Ich verstehe, Elysia. Ich werde alles tun, um die Balance zu wahren. Aber wie kann ich sicherstellen, dass ich die richtige Entscheidung treffe?"

"Indem du auf dein Herz hörst und die Weisheit der Natur respektierst. Du wirst Fehler machen, aber aus diesen Fehlern wirst du lernen. Die Natur wird dir immer einen Weg zeigen, wenn du bereit bist zuzuhören."

Die Dunkelheit um sie herum verdichtete sich, und Kaelan fühlte die Dringlichkeit ihrer Situation. Er wusste, dass Valerius nicht untätig bleiben würde. Die Zeit drängte, und jede Entscheidung, die er traf, würde das Schicksal von Eldoria beeinflussen. Elysias Warnung hallte in seinem Geist wider, während er sich auf den bevorstehenden Konflikt vorbereitete. Er musste die Balance zwischen Mensch und Natur wahren, um die Hoffnung für seine Gemeinschaft zu bewahren.

"Ich werde es versuchen, Elysia. Ich werde kämpfen, aber ich werde auch lernen, die Natur zu respektieren."

"Das ist alles, was ich von dir verlangen kann, Kaelan. Sei mutig, sei weise, und erinnere dich immer daran, dass du Teil eines größeren Ganzen bist."

Mit diesen Worten verabschiedete sich Elysia, und Kaelan blieb allein zurück, während die Schatten des Waldes sich um ihn schlossen. Die Verantwortung lastete schwer auf seinen Schultern, aber in seinem Herzen brannte ein neuer Funke der Entschlossenheit. Er wusste, dass die kommenden Tage entscheidend sein würden, und er war bereit, sich den Herausforderungen zu stellen, die vor ihm lagen.

13.3 Tamsin fordert Kaelan auf, für das Dorf zu kämpfen

Die Dämmerung legte einen sanften Schleier über Eldoria und hüllte das Dorf in ein warmes, goldenes Licht. Tamsin stand auf dem kleinen Platz vor der ehrwürdigen Eiche, die seit Generationen das Herz des Dorfes bildete. Entschlossenheit funkelte in ihren Augen, während sie die versammelten Dorfbewohner musterte, die sich um sie scharten. Der Wind brachte den Duft von frischem Gras und blühenden Wildblumen mit sich, doch die Atmosphäre war angespannt. Valerius' Bedrohung schwebte wie ein dunkler Schatten über ihnen, und die Angst, die er verbreitete, war greifbar.

"Wir können nicht länger tatenlos zusehen!", rief Tamsin mit fester Stimme, ihre Worte hallten durch die Luft. "Wir müssen für unser Dorf kämpfen, für unsere Freiheit und für all das, was wir lieben!" Die Menge murmelte zustimmend, doch Kaelan stand abseits, seine Gedanken wirbelten. Er fühlte sich hin- und hergerissen zwischen seiner Loyalität zur Natur und der Verantwortung, die er gegenüber den Dorfbewohnern hatte. Tamsin bemerkte seinen inneren Konflikt und trat einen Schritt näher zu ihm.

"Kaelan", sagte sie leise, ihre Stimme war sanft, aber eindringlich. "Du bist nicht allein in diesem Kampf. Wir alle stehen hinter dir. Du hast Liora gerettet, du hast ihr Leben gegeben, und jetzt musst du auch für das Leben unserer Gemeinschaft kämpfen." Ihre Worte schnitten durch die Unsicherheit, die ihn umhüllte. Kaelan sah in ihre Augen, und in diesem Moment erkannte er die Tiefe ihrer Entschlossenheit. Sie war nicht nur eine Rebellin; sie war das Symbol für den Mut, den sie alle brauchten.

"Aber was ist, wenn wir verlieren?", fragte Kaelan, seine Stimme war kaum mehr als ein Flüstern. "Was ist, wenn ich nicht stark genug bin?" Tamsin legte eine Hand auf seine Schulter, und ihre Berührung war wie ein Anker in einem Sturm. "Wir werden nicht verlieren, wenn wir zusammenstehen. Du bist stark, Kaelan. Du hast die Fähigkeit, nicht nur Pflanzen zu heilen, sondern auch die Herzen der Menschen um dich herum. Du kannst uns führen."

In diesem Moment spürte Kaelan, wie die Kälte der Zweifel langsam von ihm abfiel. Tamsins unerschütterlicher Glaube an ihn entfachte ein Feuer in seinem Inneren. "Ich kann nicht für das Dorf kämpfen, ohne die Natur zu respektieren", gestand er. "Aber vielleicht kann ich beides tun. Vielleicht kann ich die Dorfbewohner und die Natur vereinen." Tamsin nickte, ihre Augen strahlten vor Hoffnung. "Genau! Du bist der Schlüssel, Kaelan. Du verstehst die Sprache der Natur, und du kannst uns helfen, diese Verbindung zu nutzen, um Valerius entgegenzutreten."

Die Menge begann zu murmeln, und Kaelan fühlte, wie sich eine Welle der Entschlossenheit durch die Versammlung bewegte. "Lasst uns gemeinsam einen Plan schmieden!", rief Tamsin und hob die Arme, um die Aufmerksamkeit der Dorfbewohner zu gewinnen. "Wir müssen unsere Stärken bündeln und uns auf die bevorstehenden Herausforderungen vorbereiten. Gemeinsam sind wir stärker als jeder Tyrann!"

Die Dorfbewohner nickten zustimmend, und ein Gefühl der Solidarität breitete sich aus. Kaelan spürte, wie die Energie der Gemeinschaft ihn umhüllte. Es war, als ob die Natur selbst sie unterstützte, als ob die Bäume und der Wind sie anfeuerten. In diesem Moment wusste er, dass er nicht nur für sich selbst kämpfte, sondern für jeden einzelnen Menschen in Eldoria.

"Ich werde kämpfen", sagte Kaelan schließlich, seine Stimme war fest und klar. "Für das Dorf, für Liora und für die Freiheit, die wir alle verdienen." Tamsin lächelte, und in ihren Augen lag eine Mischung aus Stolz und Bewunderung. "Dann lass uns diesen Kampf beginnen, Kaelan. Lass uns die Hoffnung zurückbringen, die Valerius uns genommen hat."

Als die Dunkelheit über Eldoria hereinbrach, fühlte Kaelan, dass er bereit war. Die Entscheidung war gefallen, und mit Tamsin an seiner Seite war er entschlossen, alles zu tun, um sein Zuhause zu verteidigen. Das Kapitel endete mit einem Gefühl der Entschlossenheit, während sie sich auf die bevorstehenden Herausforderungen vorbereiteten. Die Zukunft von Eldoria hing in der Balance, und sie waren bereit, für ihre Freiheit zu kämpfen.

14
Der letzte entscheidende Kampf

14.1 Der finale Konflikt zwischen Valerius und den Dorfbewohnern

Ein tiefes, bedrohliches Grau hing über Eldoria, als die Dorfbewohner sich auf dem zentralen Platz versammelten. Die Luft war schwer von Anspannung und der drohenden Gefahr, die Valerius über sie brachte. Es war der Tag, an dem alles entschieden werden sollte – der Tag, an dem Freiheit und Gerechtigkeit auf dem Spiel standen.

Kaelan stand in der Mitte der Menge, sein Herz pochte wild in seiner Brust. Neben ihm war Tamsin, ihre Augen funkelten vor Entschlossenheit. "Wir können nicht länger warten", rief sie mit fester Stimme. "Valerius wird nicht aufhören, bis er uns alle unterdrückt hat. Wir müssen heute handeln!" Ihre Worte hallten durch die Reihen der Dorfbewohner, die sich um sie scharten. Jeder spürte die Dringlichkeit ihrer Situation, jeder wusste, dass dies der Moment war, für den sie gekämpft hatten.

Die Dorfbewohner waren eine bunte Mischung aus verschiedenen Altersgruppen und Berufen, vereint durch das gemeinsame Ziel, ihre Heimat zu verteidigen. Einige waren Bauern, andere Handwerker, doch alle trugen die Narben der Angst und des Zweifels in ihren Gesichtern. Kaelan konnte die Sorgen in ihren Augen sehen, aber auch die Flamme des Widerstands, die in ihnen brannte. "Wir sind nicht allein", flüsterte er, als er sich umblickte. "Liora ist bei uns."

In diesem Moment trat Liora, der majestätische Löwe, aus dem Schatten der Bäume hervor. Ihr Fell glänzte im schwachen Licht, und sie strahlte eine Kraft aus, die alle in ihren Bann zog. Die Dorfbewohner hielten den Atem an, als sie die gewaltige Präsenz des Tieres wahrnahmen. Liora war nicht nur ein Symbol der Hoffnung, sondern auch ein lebendiger Beweis dafür, dass sie gegen die Tyrannei kämpfen konnten. "Gemeinsam sind wir stark", rief Kaelan und hob seine Stimme, um die Menge zu motivieren. "Wir kämpfen nicht nur für uns selbst, sondern für die Zukunft unserer Kinder und die Freiheit unserer Heimat!"

Ein Raunen ging durch die Menge, als die Dorfbewohner sich gegenseitig ermutigten. Doch während die Entschlossenheit wuchs, schwebte die Dunkelheit von Valerius über ihnen wie ein drohendes Unwetter. In der Ferne waren die ersten Geräusche der Angreifer zu hören – das Knarren von Holz und das Scharren von Stiefeln auf dem Boden. Valerius hatte seine Männer mobilisiert, um die Dorfbewohner zu unterdrücken und seine Macht zu demonstrieren.

"Sie kommen!", rief jemand aus der Menge, und die Panik breitete sich wie ein Lauffeuer aus. Doch Tamsin trat vor und hielt die Hand hoch. "Hört zu! Wir dürfen uns nicht von der Angst leiten lassen. Wir haben einen Plan, und wir müssen ihn jetzt umsetzen!" Ihre Stimme war fest und klar, und die Dorfbewohner schienen sich wieder zu sammeln. Kaelan spürte, wie die Energie in der Luft knisterte, als sie sich bereit machten, gegen die Tyrannei zu kämpfen.

Die ersten Angreifer tauchten am Rand des Dorfes auf, ihre Gesichter von einer kalten Entschlossenheit geprägt. Valerius hatte sie geschickt, um die Dorfbewohner zu zerschlagen und ihre Hoffnung zu ersticken. Doch die Dorfbewohner waren entschlossen, sich nicht kampflos zu ergeben. Sie hatten sich zusammengeschlossen, um für ihre Freiheit zu kämpfen, und sie waren bereit, alles zu riskieren.

"Lasst uns kämpfen!", rief Kaelan, und die Menge antwortete mit einem lauten, einheitlichen Schrei. "Für Eldoria! Für unsere Freiheit!" Der Schrei hallte durch die Straßen und erfüllte die Dorfbewohner mit Mut. Sie griffen nach den Werkzeugen, die sie zur Hand hatten – Äxte, Mistgabeln und alles, was sie finden konnten, um sich zu verteidigen. Es war ein ungleicher Kampf, aber sie waren bereit, sich Valerius entgegenzustellen.

Die ersten Zusammenstöße ereigneten sich, als die Angreifer in das Dorf eindrangen. Schreie und das Geräusch von Metall auf Metall erfüllten die Luft. Kaelan kämpfte Seite an Seite mit Tamsin, und Liora bewegte sich anmutig zwischen den Kämpfenden, ein lebendiges Symbol des Widerstands. Der Kampf war brutal, und die Dorfbewohner mussten sich ihren Ängsten stellen, während sie gegen die Übermacht ankämpften.

Die Intensität des Kampfes war überwältigend. Kaelan fühlte, wie sein Herz raste, als er sich gegen einen Angreifer wandte. Doch inmitten des Chaos spürte er auch die Stärke der Gemeinschaft um sich herum. Jeder Schlag, den sie austeilten, war ein Akt des Widerstands gegen die Tyrannei, und jeder Fall eines Dorfbewohners war ein Schmerz, den sie gemeinsam trugen. Die Dorfbewohner kämpften nicht nur für sich selbst, sondern für die Freiheit aller, die unter Valerius' Herrschaft litten.

Als die Sonne hinter den Bergen verschwand und der Himmel in ein tiefes Rot getaucht wurde, wurde der Kampf intensiver. Kaelan wusste, dass dies der entscheidende Moment war, der über das Schicksal von Eldoria entscheiden würde. "Wir dürfen nicht aufgeben!", rief er, während er sich erneut in den Kampf stürzte. "Für unsere Freiheit! Für unsere Zukunft!"

Der finale Konflikt hatte begonnen, und die Dorfbewohner waren bereit, alles zu riskieren, um für ihre Freiheit zu kämpfen. Inmitten des Chaos, des Schmerzes und der Hoffnung wuchs der Widerstand, und die Dorfbewohner wussten, dass sie nicht allein waren. Sie kämpften zusammen, und ihre Entschlossenheit würde sie führen, egal wie der Kampf enden würde.

14.2 Liora führt die Dorfbewohner in die Schlacht

Ein tiefes, bedrohliches Grau durchzog den Himmel über Eldoria, während die Dorfbewohner sich versammelten, um sich auf den bevorstehenden Kampf vorzubereiten. Die Luft war erfüllt von einem Gefühl der Anspannung, und die Herzen der Menschen schlugen im Einklang mit dem ferne grollenden Donner. Inmitten dieser Unruhe erhob sich Liora, das majestätische Löwenweibchen, das Kaelan einst aus den Fängen des Schmerzes gerettet hatte. Ihre Präsenz war nicht nur eine Erinnerung an die Verletzlichkeit der Natur, sondern auch ein Symbol für den unerschütterlichen Widerstand der Dorfbewohner gegen Valerius' Tyrannei.

Als Liora sich an die Spitze der Versammlung stellte, schien sie die gesamte Aufmerksamkeit auf sich zu ziehen. Ihr Fell glänzte im schwachen Licht, und ihre Augen funkelten vor Entschlossenheit. Die Dorfbewohner, die zuvor von Angst und Unsicherheit geplagt waren, fühlten sich plötzlich ermutigt. Sie sahen in Liora nicht nur ein Tier, sondern eine Anführerin, die bereit war, für ihre Freiheit zu kämpfen. Diese Transformation von Liora, die einst ein verletztes Löwenbaby gewesen war, zu einer majestätischen Kraft, war für alle sichtbar und verstärkte die Hoffnung, die in ihren Herzen brannte.

Kaelan stand an ihrer Seite, sein Herz voller Stolz und Bewunderung. Er erinnerte sich an die Tage, als er Liora mit zitternden Händen pflegte, und an die Bindung, die zwischen ihnen gewachsen war. "Du bist mehr als nur ein Löwe, Liora", flüsterte er, während er ihr in die Augen sah. "Du bist das Herz unseres Kampfes." In diesem Moment wusste er, dass sie gemeinsam alles erreichen konnten, was sie sich vorgenommen hatten. Liora war nicht nur eine Waffe; sie war das Symbol für die Einheit und den Mut der Dorfbewohner.

Die Dorfbewohner begannen, sich zu formieren, und Liora führte sie mit einem mächtigen Brüllen an. Es war ein Klang, der durch die Wälder hallte und die Herzen der Menschen erfüllte. "Für Eldoria! Für unsere Freiheit!" rief Tamsin, die an der Front stand, ihre Stimme voller Leidenschaft und Entschlossenheit. Die anderen schlossen sich ihrem Ruf an, und bald hallte der Schlachtruf durch das Dorf. Es war der Moment, auf den sie alle gewartet hatten, und die Vorfreude auf den bevorstehenden Kampf pulsierte in ihren Adern.

Doch während die Dorfbewohner sich auf den Kampf vorbereiteten, schwebte die Dunkelheit von Valerius' Macht über ihnen. Der tyrannische Landbesitzer hatte seine eigenen Pläne geschmiedet, und die Gefahr war greifbar. Kaelan spürte die Anspannung in der Luft, als sie sich dem Ort des Kampfes näherten. "Wir müssen zusammenhalten", sagte er zu Tamsin, die neben ihm ging. "Wenn wir uns trennen, wird Valerius uns besiegen." Tamsin nickte, und ihre Augen funkelten vor Entschlossenheit. "Gemeinsam sind wir stark, und gemeinsam werden wir gewinnen."

Der Kampf brach los, als die Dorfbewohner Valerius' Truppen gegenüberstanden. Liora sprang mit einem gewaltigen Satz voran, ihre Bewegungen waren geschmeidig und kraftvoll. Sie kämpfte nicht nur für sich selbst, sondern für jeden einzelnen Dorfbewohner, der an ihrer Seite stand. Ihre Präsenz war inspirierend, und die Dorfbewohner fühlten sich ermutigt, als sie sahen, wie Liora die ersten Angriffe abwehrte. Der Kampf war intensiv, und die Schreie der Kämpfer vermischten sich mit dem Gebrüll des Löwen.

Inmitten des Chaos' erlebte Kaelan einen Moment der Klarheit. Er sah, wie die Dorfbewohner, die einst von Angst geplagt waren, nun mit Mut und Entschlossenheit kämpften. Die Verbindung zwischen Mensch und Tier war in diesem Moment stärker denn je. Liora war nicht nur ein Löwe; sie war der Inbegriff von Stärke und Hoffnung. Kaelan wusste, dass sie gemeinsam den Kampf gewinnen konnten, wenn sie nur an sich selbst und aneinander glaubten.

Die Dramatik des Kampfes entfaltete sich in einem wahren Spektakel aus Licht und Schatten. Jeder Schlag, jeder Schrei und jede Bewegung war ein Ausdruck des unaufhörlichen Willens der Dorfbewohner, ihre Freiheit zurückzuerobern. Liora führte sie mit unerschütterlicher Entschlossenheit, und die Dorfbewohner folgten ihr, als wäre sie der Leuchtturm in der Dunkelheit. Diese Verbindung zwischen Mensch und Tier, die einst in den Wäldern von Eldoria begann, hatte sich zu einer unaufhaltsamen Kraft entwickelt, die bereit war, gegen die Tyrannei zu kämpfen.

Der Kampf war noch lange nicht vorbei, aber die Dorfbewohner wussten, dass sie nicht allein waren. Mit Liora an ihrer Seite waren sie bereit, alles zu riskieren, um für ihre Freiheit zu kämpfen. Die Hoffnung, die sie einst verloren glaubten, blühte in ihren Herzen auf, und sie waren entschlossen, die Dunkelheit zu besiegen, die über Eldoria schwebte.

14.3 Ein Kampf um Freiheit und Gerechtigkeit entfaltet sich

Ein tiefes, bedrohliches Grau durchzog den Himmel über Eldoria, während die Dorfbewohner sich auf dem Marktplatz versammelten. Die Luft war schwer von der Aufregung und der Angst, die in den Herzen der Menschen pulsierte. Kaelan stand an der Spitze der Menge, seine Augen funkelten vor Entschlossenheit, während er Tamsin an seiner Seite spürte. Ihre Hände waren fest ineinander verschlungen, ein stilles Versprechen, dass sie diesen Kampf gemeinsam führen würden.

"Wir dürfen nicht aufgeben!", rief Kaelan mit einer Stimme, die über das Murmeln der Menge hinwegdrang. "Valerius mag mächtig sein, aber wir sind mehr als nur Bauern. Wir sind die Hüter dieser Erde, und wir werden für unsere Freiheit kämpfen!" Seine Worte hallten durch die Reihen der Dorfbewohner, und ein Gefühl der Hoffnung begann, die düstere Atmosphäre zu durchdringen.

Die Erinnerungen an die Schrecken der letzten Angriffe waren noch frisch, doch heute war anders. Heute waren sie nicht länger die Opfer; sie waren die Kämpfer. Liora, der majestätische Löwe, stand neben Kaelan, ihr goldenes Fell schimmerte im schwachen Licht. Sie war nicht nur ein Tier, sondern ein Symbol für den Widerstand, ein lebendiger Beweis dafür, dass die Hoffnung niemals ganz erloschen war.

Als die Sonne hinter den Bergen verschwand, versammelten sich die Dorfbewohner enger um Kaelan. Ihre Gesichter waren von Entschlossenheit geprägt, und in ihren Augen glühte der Funke des Widerstands. "Wir müssen uns vorbereiten", sagte Tamsin, ihre Stimme fest und klar. "Wir wissen, dass Valerius nicht zögern wird, uns zu vernichten. Wir müssen unsere Kräfte bündeln und einen Plan schmieden."

Kaelan nickte und sah in die Gesichter seiner Nachbarn. "Wir werden die Wälder nutzen, die wir so gut kennen. Valerius hat keine Ahnung, was ihn erwartet. Wir werden ihn überraschen und ihm zeigen, dass wir nicht bereit sind, uns zu beugen." Ein Raunen ging durch die Menge, und die Dorfbewohner begannen, sich gegenseitig zu ermutigen. Sie waren bereit, alles zu riskieren, um ihre Heimat zu verteidigen.

Die Nacht brach herein, und mit ihr kam eine unheimliche Stille. Die Dorfbewohner arbeiteten bis spät in die Nacht, um sich vorzubereiten. Jeder war beschäftigt, Pläne zu schmieden, Waffen zu sammeln und Strategien zu entwickeln. Kaelan fühlte die Schwere der Verantwortung auf seinen Schultern, aber auch die Kraft der Gemeinschaft, die ihn umgab. In diesem Moment wusste er, dass sie gemeinsam stark waren.

Doch während sie sich auf den bevorstehenden Konflikt vorbereiteten, schlich sich auch die Angst in ihre Herzen. Was, wenn sie scheiterten? Was, wenn Valerius stärker war, als sie dachten? Kaelan sah zu Liora, die ruhig an seiner Seite saß. Ihr Blick war fest und entschlossen, und in diesem Moment erkannte er, dass sie nicht allein waren. Ihre Verbindung zur Natur, zu den Tieren und zueinander gab ihnen die Kraft, die sie benötigten.

Als der Morgen dämmerte, versammelten sich die Dorfbewohner erneut. Die Luft war kalt, und ein leichter Nebel lag über dem Dorf. Kaelan trat vor die Menge und sprach mit fester Stimme: "Heute ist der Tag, an dem wir für unsere Freiheit kämpfen. Wir stehen zusammen, und egal, was passiert, wir werden nicht aufgeben!"

Die Menge antwortete mit einem kraftvollen Ruf, der die Berge widerhallen ließ. Es war ein Schrei der Entschlossenheit, ein Schwur, dass sie für ihre Heimat und ihre Freiheit kämpfen würden. Kaelan fühlte, wie die Energie der Gemeinschaft ihn durchströmte, und er wusste, dass sie bereit waren.

Doch in der Ferne, verborgen hinter den Bäumen, lauerte Valerius, dessen finstere Pläne bereits in Bewegung waren. Die Dorfbewohner waren sich der drohenden Gefahr bewusst, aber sie waren entschlossen, sich nicht einschüchtern zu lassen. Der Kampf um Freiheit und Gerechtigkeit hatte begonnen, und während sie sich auf den Weg machten, spürten sie die Ungewissheit, die wie ein Schatten über ihnen schwebte.

In diesem entscheidenden Moment wurde Kaelan klar, dass dies erst der Anfang war. Die Herausforderungen, die vor ihnen lagen, würden nicht einfach sein, aber die Hoffnung brannte hell in ihren Herzen. Sie waren bereit, alles zu riskieren, um ihre Heimat zu schützen. Und während sie in die unbekannte Dunkelheit aufbrachen, wusste Kaelan, dass sie zusammen stark genug waren, um die Dunkelheit zu besiegen.

15
Der Sturz des Tyrannen

15.1 Valerius wird besiegt, doch die Wunden bleiben

Der Kampf tobte mit unbändiger Wucht und erfüllte die Luft mit dem beißenden Gestank von Rauch und Blut. Die Dorfbewohner Eldorias hatten sich gegen den tyrannischen Valerius erhoben, und nach endlosen Stunden des Widerstands war der Augenblick gekommen, in dem sie endlich triumphieren konnten. Doch der Sieg war nicht von Jubel begleitet; vielmehr umhüllte eine bedrückende Stille die Gesichter der Menschen.

Als die letzten Schreie des Kampfes verklungen waren, versammelten sich die Dorfbewohner auf dem Marktplatz, ihre Blicke auf den gefallenen Valerius gerichtet. Sein Körper lag reglos am Boden, ein Schatten seiner einstigen Macht. Der Anblick seines besiegten Körpers war für viele eine Erleichterung, doch die Trauer um die gefallenen Freunde und Nachbarn war allgegenwärtig. Jeder wusste, dass dieser Sieg mit einem hohen Preis erkauft worden war.

Kaelan, der junge Botaniker, stand am Rand der Menge und beobachtete die Geschehnisse mit einem schweren Herzen. In seinen Gedanken schwirrten die Erinnerungen an die Gesichter derjenigen, die während des Kampfes gefallen waren. Er hatte so viele geliebte Menschen verloren, und der Gedanke daran schnitt wie ein scharfer Dolch durch seine Seele. "Haben wir wirklich gewonnen?", murmelte er leise zu sich selbst, während er die Gesichter der Trauernden betrachtete.

Tamsin, die unerschütterliche Rebellin, trat an seine Seite. Ihre Augen waren rot und geschwollen vom Weinen, doch in ihrem Blick lag eine ungebrochene Entschlossenheit. "Wir haben für unsere Freiheit gekämpft, Kaelan. Das ist es, was zählt", sagte sie, doch ihre Stimme zitterte, als sie die Leichen ihrer Freunde sah. "Wir müssen diesen Sieg feiern, auch wenn es schwerfällt."

Die Dorfbewohner begannen, sich zusammenzufinden, um den gefallenen Helden zu gedenken. Kerzen wurden entzündet, und das Licht flackerte in der Dämmerung, während die Menschen leise Lieder sangen, um den Verstorbenen Ehre zu erweisen. Doch trotz der Feierlichkeiten war die Atmosphäre von einer tiefen Melancholie geprägt. Die Freude über den Sieg wurde von der Trauer um die Verluste überschattet.

"Wir müssen uns gegenseitig unterstützen", sagte Kaelan und wandte sich an Tamsin. "Es ist wichtig, dass wir jetzt füreinander da sind. Wir können die Wunden heilen, aber nur gemeinsam." Tamsin nickte, und in diesem Moment spürte Kaelan, dass ihre Verbindung stärker war als je zuvor. Sie waren nicht nur Kämpfer; sie waren Teil einer Gemeinschaft, die durch Schmerz und Verlust zusammengeschweißt wurde.

Die Nacht brach herein, und die Feierlichkeiten nahmen eine andere Wendung. Während einige Dorfbewohner versuchten, die Freude des Sieges zu feiern, saßen andere in stiller Trauer. Kaelan bemerkte, wie die Dunkelheit über das Dorf fiel, und mit ihr kam die Erkenntnis, dass der Kampf noch lange nicht vorbei war. Valerius war besiegt, aber die Narben des Krieges würden nicht so schnell heilen.

"Was wird aus uns werden?", fragte Tamsin, als sie die Menge betrachtete. "Wir haben gesiegt, aber die Wunden sind tief. Können wir jemals wieder in Frieden leben?" Kaelan konnte keine Antwort finden. Er wusste, dass die Dorfbewohner stark waren, aber die emotionalen und physischen Narben, die dieser Krieg hinterlassen hatte, würden Zeit brauchen, um zu heilen.

In der Ferne hörte man das leise Brüllen von Liora, dem Löwen, den Kaelan großgezogen hatte. Ihr Ruf war ein Zeichen der Hoffnung, ein Versprechen, dass die Verbindung zwischen Mensch und Tier stärker war als jede Tyrannei. "Wir müssen Liora an unserer Seite haben", sagte Kaelan entschlossen. "Sie wird uns helfen, die Wunden zu heilen und die Gemeinschaft wieder aufzubauen."

Die Dorfbewohner begannen, sich um Liora zu versammeln, und ihre Präsenz brachte ein Gefühl der Erneuerung. Inmitten des Schmerzes und der Trauer erkannten sie, dass sie nicht allein waren. Gemeinsam würden sie die Wunden heilen, die der Krieg hinterlassen hatte, und eine neue Zukunft aufbauen. Es war der Beginn eines langen Weges, aber sie waren bereit, ihn gemeinsam zu gehen.

Der Sieg über Valerius war nur der erste Schritt. Jetzt mussten sie lernen, mit den Konsequenzen ihrer Entscheidungen umzugehen und die Gemeinschaft zu stärken, die sie so sehr liebten. In dieser Nacht, unter dem Sternenhimmel von Eldoria, wurde die Dorfgemeinschaft neu geboren – nicht nur aus dem Schmerz des Krieges, sondern auch aus der Hoffnung auf eine bessere Zukunft.

15.2 Die Dorfbewohner feiern ihren Sieg

Als die Dämmerung über Eldoria hereinbrach, versammelten sich die Dorfbewohner auf dem zentralen Platz, um den Sieg über Valerius zu zelebrieren. Fackeln erhellten die Nacht, und das flackernde Licht tanzte über die Gesichter der Menschen, die trotz der Freude in ihren Herzen von einer tiefen Melancholie durchzogen waren. Der Sieg war hart erkämpft, doch die Narben des Krieges waren noch frisch, und die Erinnerungen an den Verlust schwebten wie Schatten über der Feier.

Kaelan stand am Rand des Platzes, sein Blick auf die jubelnden Menschen gerichtet. Inmitten des fröhlichen Lärms spürte er die Kälte des Schmerzes, die in der Luft lag. Er hatte so viele Freunde und Nachbarn verloren, und während andere lachten und tanzten, fühlte er sich innerlich zerrissen. "Was ist ein Sieg wert, wenn wir so viel verloren haben?", murmelte er leise zu sich selbst. Tamsin, die ihn bemerkte, trat an seine Seite und legte eine Hand auf seinen Arm.

"Wir haben gekämpft, Kaelan. Wir haben für unsere Freiheit gekämpft!", sagte sie mit einer Entschlossenheit in ihrer Stimme, die ihn ein wenig aufmunterte. "Dieser Sieg ist der Anfang eines neuen Kapitels für uns alle." Doch auch sie konnte die Trauer nicht ganz verbergen, die in ihren Augen funkelte. Die Dorfbewohner hatten zwar Valerius besiegt, aber die Wunden, die er hinterlassen hatte, waren tief.

Die Feierlichkeiten begannen mit Gesängen und Tänzen, und die Musik erfüllte die Luft mit einer festlichen Stimmung. Einige Dorfbewohner brachten selbstgemachte Speisen und Getränke mit, um das Fest zu bereichern. Doch während sie aßen und tranken, spürten viele das Gewicht der Abwesenheit derjenigen, die nicht mehr da waren. Jeder Biss, jeder Schluck schien bittersüß, als ob der Geschmack des Sieges von der Trauer umhüllt war.

"Lasst uns an die denken, die wir verloren haben", rief ein älterer Mann, dessen Stimme durch die Menge hallte. "Sie haben ihr Leben für unsere Freiheit gegeben, und wir dürfen sie nicht vergessen." Ein zustimmendes Murmeln ging durch die Menge, und viele senkten den Kopf in ehrerbietiger Stille. Diese Momente der Reflexion waren notwendig, um die Gemeinschaft zusammenzuhalten, auch wenn die Freude des Sieges in den Hintergrund trat.

Kaelan fühlte sich von den Emotionen überwältigt. Er dachte an Liora, das Löwenbaby, das er gerettet hatte, und an die Hoffnung, die sie für ihn und die Dorfbewohner symbolisierte. Ihre Stärke und Unerschrockenheit hatten sie alle inspiriert, gegen Valerius zu kämpfen. "Wir müssen stark bleiben", flüsterte er Tamsin zu. "Wir müssen Liora und all die anderen beschützen, die auf uns angewiesen sind."

Tamsin nickte und sah ihn mit einem entschlossenen Ausdruck an. "Gemeinsam können wir alles schaffen, Kaelan. Wir haben es schon einmal getan, und wir werden es wieder tun." Ihr Glaube an die Gemeinschaft war ansteckend, und Kaelan spürte, wie seine eigene Entschlossenheit zurückkehrte. Sie hatten zwar einen Sieg errungen, aber der Weg zur Heilung und zum Wiederaufbau war noch lang und voller Herausforderungen.

Die Feierlichkeiten dauerten bis in die Nacht, und die Dorfbewohner sangen Lieder über Mut und Freiheit. Doch während die Musik erklang, blieb Kaelan in Gedanken versunken. Er wusste, dass der Kampf gegen Valerius nicht wirklich vorbei war. Die Bedrohung könnte jederzeit zurückkehren, und sie mussten sich darauf vorbereiten. Die Gemeinschaft musste stärker denn je sein, um die Dunkelheit abzuwehren, die immer noch über Eldoria schwebte.

Als die letzten Töne der Musik verklangen und die Dorfbewohner sich allmählich zerstreuten, blieb Kaelan stehen und blickte in den klaren Nachthimmel. "Wir werden nicht aufgeben", versprach er sich selbst. "Wir werden für unsere Heimat kämpfen, für unsere Freiheit und für die, die wir verloren haben." In diesem Moment schwor er, dass die Dorfbewohner, egal wie schwer der Weg auch sein mochte, zusammenstehen würden. Die Gemeinschaft war ihre größte Stärke, und zusammen würden sie die Herausforderungen meistern, die noch vor ihnen lagen.

15.3 Kaelan reflektiert über die Kosten des Krieges

Die Dunkelheit hatte sich über das Dorf Eldoria gelegt, und mit ihr kam eine erdrückende Stille, die wie ein schwerer Schleier über allem lag. Kaelan fand sich allein auf einem verwitterten Baumstumpf am Waldrand wieder, an dem er einst unbeschwerte Stunden mit Liora verbracht hatte. Der Mond strahlte hell und beleuchtete die Spuren des Kampfes, der in seinen Gedanken wie ein Echo widerhallte. Der Geruch von verbranntem Holz und das Gedächtnis der Schreie drangen in sein Bewusstsein, während er über die schmerzlichen Verluste nachdachte, die sie erlitten hatten. Jeder Verlust fühlte sich an wie ein Stich in sein Herz, und er konnte nicht anders, als sich zu fragen, ob all dies den Preis wert gewesen war.

Sein Blick glitt über die Wiesen, die nun mit dem Blut seiner Freunde getränkt waren. Die Gesichter der Dorfbewohner, die er verloren hatte, schienen ihn zu verfolgen, ihre Augen voller Vorwürfe und unerfüllter Träume. "Hätte ich mehr tun können?", fragte er sich immer wieder. Die Schuld nagte an ihm wie ein hungriger Wolf, der darauf wartete, ihn zu verschlingen. Er hatte stets geglaubt, dass er die Natur und die Dorfbewohner beschützen könnte, doch jetzt fühlte er sich wie ein Versager, unfähig, seine Versprechen zu halten.

"Es ist nicht deine Schuld", flüsterte eine sanfte Stimme hinter ihm. Tamsin war nähergekommen, ohne dass er es bemerkt hatte. Ihre Augen strahlten Mitgefühl aus, als sie sich neben ihn setzte. "Wir haben gekämpft, weil wir glauben, dass Freiheit es wert ist. Aber der Preis..." Ihre Stimme brach ab, und die Trauer war in ihrem Ton deutlich spürbar.

"Ich hätte mehr tun sollen", murmelte Kaelan, während er den Blick auf den Boden senkte. "Wenn ich nur schneller gewesen wäre, wenn ich nur..."

Tamsin legte eine Hand auf seinen Arm. "Wir alle haben unser Bestes gegeben. Valerius war stark, aber wir sind es auch. Wir haben uns gegen ihn erhoben, und das allein ist ein Zeichen unserer Stärke." Ihre Worte waren wie ein Lichtstrahl in der Dunkelheit, doch Kaelan konnte die Schatten der Trauer nicht abschütteln.

"Aber was ist mit denjenigen, die wir verloren haben? Was ist mit ihren Familien?", fragte er verzweifelt. "Ich kann nicht aufhören, an sie zu denken. Ich fühle mich so schuldig, als hätte ich sie im Stich gelassen."

Tamsin seufzte und sah in die Ferne, als würde sie nach den richtigen Worten suchen. "Wir müssen die Vergangenheit akzeptieren, Kaelan. Es wird immer Narben geben, aber wir dürfen nicht zulassen, dass sie uns lähmen. Die Dorfbewohner brauchen uns jetzt mehr denn je. Wir müssen für sie da sein, für die, die geblieben sind."

Kaelan nickte langsam, doch die Worte schienen nicht genug zu sein, um die Last von seinen Schultern zu nehmen. "Ich weiß, dass wir weitermachen müssen, aber ich kann nicht anders, als die Fragen zu stellen. Was, wenn wir wieder kämpfen müssen? Was, wenn Valerius zurückkommt?"

"Dann werden wir bereit sein", antwortete Tamsin fest. "Wir haben Liora. Sie ist unsere Hoffnung, unser Symbol. Wir dürfen nicht vergessen, warum wir kämpfen. Für die Freiheit, für die Gemeinschaft, für die Liebe."

Kaelan sah zu Liora, die in der Nähe schlief, ihr majestätisches Fell im Mondlicht schimmernd. Sie war nicht nur ein Löwe; sie war ein Teil von ihm, ein Teil ihrer gemeinsamen Geschichte. Er wusste, dass sie in der Lage war, Großes zu bewirken, und dass ihre Verbindung zu ihm stärker war als jede Angst, die ihn quälen konnte.

"Du hast recht", sagte er schließlich und spürte, wie sich ein Funke von Entschlossenheit in ihm regte. "Wir müssen weiterkämpfen, nicht nur für uns, sondern für alle, die wir lieben. Wir müssen die Vergangenheit akzeptieren, um in die Zukunft blicken zu können."

Doch trotz dieser Erkenntnis blieb ein Gefühl der Unsicherheit in seinem Herzen. Die Dunkelheit um sie herum schien dichter zu werden, und er wusste, dass die Herausforderungen, die vor ihnen lagen, noch größer sein würden. Während er in die Nacht starrte, spürte er, dass der Kampf gegen Valerius noch lange nicht vorbei war. Und mit diesem Gedanken schloss er die Augen, bereit, die kommenden Herausforderungen anzunehmen, auch wenn die Angst ihn begleitete.

16
Heilung und Neuanfang

16.1 Eldoria beginnt, sich von den Wunden zu erholen

Sanfte Strahlen der Morgensonne küssten die wiedererblühenden Felder von Eldoria, während die Dorfbewohner in harmonischer Eintracht daran arbeiteten, die Narben des Krieges zu tilgen. Überall um sie herum hallten die Klänge von Werkzeugen und fröhlichem Geplauder wider, ein lebendiges Zeichen für den unerschütterlichen Willen der Gemeinschaft, die Verletzungen zu heilen, die Valerius und seine Schergen hinterlassen hatten. Doch unter der Oberfläche gärten die Emotionen, die mit dem Wiederaufbau verbunden waren, und jeder Handgriff stellte sowohl einen Akt der Hoffnung als auch einen ständigen Kampf gegen die Erinnerungen an den Schmerz dar.

Inmitten des Geschehens stand Kaelan, seine Hände voller Erde, während seine Gedanken um Liora, das Löwenbaby, kreisten, das er gerettet hatte. Er beobachtete Tamsin, die mit einem strahlenden Lächeln eine Gruppe von Kindern anleitete, die kleine Setzlinge in die Erde pflanzten. Ihre Energie war ansteckend, und Kaelan konnte sich ihrem Enthusiasmus nicht entziehen. "Jeder Baum, den wir pflanzen, ist ein Schritt in Richtung unserer Freiheit", rief sie, während sie einen kleinen Zweig in die Erde drückte. Ihre Worte hallten in Kaelans Herzen wider und erinnerten ihn daran, dass der Wiederaufbau nicht nur eine physische, sondern auch eine emotionale Angelegenheit war.

Doch während die Dorfbewohner sich um ihre Felder kümmerten, schwebte die Bedrohung durch Valerius wie ein dunkler Schatten über ihnen. Kaelan konnte die Unruhe in den Gesichtern seiner Nachbarn erkennen, die immer wieder zu den Bergen schauten, wo drohende Wolken zusammenzogen. Es war, als ob die Natur selbst den Atem anhielt, in Erwartung des Unvermeidlichen. "Wir müssen stark bleiben", murmelte Kaelan leise zu sich selbst, während er seine Arbeit fortsetzte. Die Pflanzen, die er pflegte, waren nicht nur seine Leidenschaft; sie waren auch ein Symbol für das Leben, das er und die Dorfbewohner zurückgewinnen wollten.

Die ersten Tage des Wiederaufbaus waren von Herausforderungen geprägt. Einige Dorfbewohner hatten ihre Häuser verloren, andere trugen die sichtbaren Narben des Kampfes auf ihren Körpern. In den Nächten, wenn die Dunkelheit hereinbrach, versammelten sich die Menschen am Feuer und teilten Geschichten über die Verlorenen. Tränen flossen, und das Knistern des Feuers vermischte sich mit den Klängen ihrer Trauer. Kaelan spürte, wie sich sein Herz zusammenzog, als er an die Freunde dachte, die er verloren hatte. Er wusste, dass die Heilung Zeit benötigen würde und dass die Gemeinschaft sich gegenseitig stützen musste, um diese Wunden zu überwinden.

"Wir sind nicht allein", hatte Elysia einmal gesagt, als sie ihm von der Stärke der Gemeinschaft erzählte. "In der Dunkelheit finden wir unser Licht." Diese Worte hallten in Kaelans Kopf wider, während er versuchte, die Dorfbewohner zu motivieren. Er begann, kleine Versammlungen abzuhalten, um den Menschen zu helfen, ihre Ängste zu teilen und sich gegenseitig zu unterstützen. "Gemeinsam sind wir stärker", betonte er immer wieder, und langsam begannen die Dorfbewohner, an die Kraft ihrer Einheit zu glauben.

Doch Valerius war nicht untätig geblieben. Gerüchte über seine finsteren Pläne verbreiteten sich wie ein Lauffeuer durch das Dorf. Einige behaupteten, er wolle die verbleibenden Ressourcen des Dorfes ausbeuten, während andere von seinen Versuchen sprachen, die Dorfbewohner zu spalten. Kaelan fühlte sich von der Angst der Menschen umgeben, und er wusste, dass sie sich auf einen weiteren Konflikt vorbereiten mussten. "Wir dürfen uns nicht entmutigen lassen", rief er eines Abends, als die Dorfbewohner versammelt waren. "Jeder von uns hat die Macht, etwas zu verändern. Wir müssen zusammenstehen, um unsere Heimat zu verteidigen."

Die Reaktionen waren gemischt. Einige nickten zustimmend, während andere skeptisch blieben. Kaelan konnte die Zweifel in ihren Augen sehen, und er wusste, dass er mehr tun musste, um ihr Vertrauen zu gewinnen. "Liora wird uns helfen", sagte er schließlich, und ein leises Murmeln ging durch die Menge. "Sie ist nicht nur ein Löwe; sie ist ein Symbol für unseren Widerstand. Wenn wir zusammenarbeiten, können wir Valerius besiegen."

Die Dorfbewohner schienen auf diese Worte zu reagieren. Ein Funke der Hoffnung blitzte in ihren Augen auf, und sie begannen, sich wieder zu versammeln, um Pläne zu schmieden. Kaelan fühlte, wie die Entschlossenheit in der Luft pulsierte, und er wusste, dass sie bereit waren, für ihre Freiheit zu kämpfen. Doch die Frage blieb: Würden sie stark genug sein, um die Dunkelheit zu besiegen, die Valerius über sie bringen wollte?

In dieser Zeit des Wiederaufbaus und der Heilung wurde klar, dass die Dorfbewohner nicht nur ihre Wunden heilen mussten, sondern auch lernen mussten, sich gegenseitig zu unterstützen. Es war eine Lektion, die tief in ihren Herzen verwurzelt werden musste, um die Gemeinschaft zu stärken und die Tyrannei zu besiegen. Und so begannen sie, mit jedem Tag, der verging, ihre Stimmen zu erheben und ihre Hoffnung neu zu entfachen, bereit, die Herausforderungen, die vor ihnen lagen, gemeinsam zu meistern.

16.2 Kaelan und Tamsin arbeiten Hand in Hand

Als die ersten Strahlen der Sonne über Eldoria aufstiegen, hüllten sie das Dorf in ein sanftes, goldenes Licht. Inmitten des Platzes standen Kaelan und Tamsin, umringt von Dorfbewohnern, deren Gesichter von Sorge gezeichnet waren. Die Narben des Krieges waren noch frisch, und die Spuren der letzten Kämpfe waren überall sichtbar. Doch trotz dieser Trauer loderte das Feuer der Hoffnung in ihren Herzen. Gemeinsam hatten sie sich entschlossen, ihre Heimat wieder aufzubauen und die Gemeinschaft zu stärken.

"Wir müssen zuerst die beschädigten Häuser reparieren", erklärte Kaelan, während er seine Hände in die Hüften stemmte. "Die Menschen brauchen einen sicheren Ort, um zu leben." Tamsin nickte zustimmend, ihre Augen funkelten vor Entschlossenheit. "Und wir sollten die Felder neu bepflanzen. Ohne Nahrung können wir nicht überleben. Wir müssen unsere Ressourcen klug nutzen."

Hand in Hand arbeiteten sie, wobei Kaelan sein botanisches Wissen einbrachte, um die besten Pflanzen für die Wiederbepflanzung auszuwählen. Tamsin organisierte die Dorfbewohner, teilte Aufgaben zu und motivierte jeden Einzelnen, sich aktiv am Wiederaufbau zu beteiligen. "Gemeinsam sind wir stark", rief sie und sah in die Gesichter ihrer Nachbarn. "Wir haben schon einmal gekämpft, und wir werden es wieder tun – aber diesmal für unser Zuhause, für unsere Zukunft!"

Inspiriert von Tamsins leidenschaftlicher Rede begannen die Dorfbewohner, sich zu mobilisieren. Einige sammelten Holz und Materialien, während andere Werkzeuge suchten, um die Reparaturen zu beginnen. Kaelan fühlte sich in dieser Atmosphäre des Zusammenhalts und der Solidarität lebendig. Er wusste, dass die Verbindung zwischen den Menschen und der Natur der Schlüssel zu ihrem Überleben war. "Wir müssen auch darauf achten, die Natur zu respektieren", erinnerte er alle. "Jede Pflanze, die wir setzen, muss sorgfältig ausgewählt werden, damit sie gedeihen kann."

Während sie arbeiteten, entdeckte Kaelan eine neue Tiefe in seiner Beziehung zu Tamsin. Ihre Zusammenarbeit war nicht nur eine praktische Angelegenheit; sie schien auch eine emotionale Verbindung zu vertiefen. Er bewunderte ihren Mut und ihre Entschlossenheit, und in ihren Augen sah er die gleiche Leidenschaft, die ihn antrieb. "Tamsin", begann er zögernd, "ich weiß, dass wir in schwierigen Zeiten leben, aber ich glaube, dass wir gemeinsam alles erreichen können."

"Das glaube ich auch, Kaelan", antwortete sie und lächelte. "Wir sind wie die Wurzeln eines Baumes – zusammen stark, aber allein verletzlich." Ihre Worte hallten in ihm nach und verstärkten das Gefühl der Verantwortung, das er für seine Gemeinschaft empfand. Es war nicht nur ein Kampf um die Freiheit, sondern auch um die Zukunft der Menschen, die er liebte.

Doch während sie Fortschritte machten, schwebte die Bedrohung durch Valerius weiterhin über ihnen. Kaelan konnte nicht anders, als sich Sorgen zu machen, was passieren würde, wenn der Tyrann zurückkehrte. Die Dorfbewohner mussten sich den Konsequenzen ihrer Entscheidungen stellen, und die Unsicherheit nagte an ihm. "Was ist, wenn Valerius uns wieder angreift? Was werden wir dann tun?" fragte er Tamsin, seine Stimme voller Besorgnis.

Tamsin legte eine Hand auf seine Schulter und sah ihm fest in die Augen. "Wir werden kämpfen, Kaelan. Wir haben schon einmal gekämpft, und wir werden es wieder tun. Aber diesmal werden wir vorbereitet sein. Wir müssen uns aufeinander verlassen können." Ihre Entschlossenheit war ansteckend, und Kaelan fühlte, wie seine Ängste langsam schwanden.

Die Tage vergingen, und die Dorfbewohner arbeiteten unermüdlich. Sie reparierten Dächer, pflanzten neue Samen und stärkten die Gemeinschaftsbindung. Kaelan und Tamsin wurden zu Symbolen des Wandels, und ihre Freundschaft blühte auf, während sie Seite an Seite arbeiteten. In den stillen Momenten, wenn sie sich gegenseitig ansahen, spürten sie die tiefe Verbindung, die zwischen ihnen gewachsen war – eine Verbindung, die stärker war als jede Bedrohung, die ihnen begegnen könnte.

Als die ersten Triebe aus der Erde schossen und die Reparaturen Fortschritte machten, fühlte Kaelan, dass die Hoffnung in Eldoria wieder erwachte. Doch in seinem Herzen wusste er, dass der Kampf gegen Valerius noch bevorstand. Die Dorfbewohner mussten sich auf die kommenden Konflikte vorbereiten, und die Herausforderungen, die vor ihnen lagen, würden ihre Entschlossenheit auf die Probe stellen. Aber mit Tamsin an seiner Seite fühlte er sich bereit, alles zu riskieren.

16.3 Liora wird zum Symbol der Hoffnung für alle

Als die ersten Strahlen der Sonne den Horizont von Eldoria küssten, durchdrang ein Hauch von Erneuerung die Luft. Die Dorfbewohner, die in den letzten Tagen die Schrecken des Krieges hinter sich gelassen hatten, versammelten sich auf dem zentralen Platz des Dorfes. Inmitten dieser Menschenmenge stand Liora, der majestätische Löwe, dessen Anwesenheit sowohl Ehrfurcht als auch Hoffnung ausstrahlte. Ihr goldenes Fell funkelte im Licht der Morgensonne und spiegelte die Entschlossenheit der Dorfbewohner wider, die sich auf den Wiederaufbau ihrer Gemeinschaft vorbereiteten.

Kaelan beobachtete, wie die Menschen um ihn herum zusammenkamen, um ihre Geschichten zu teilen und ihre Pläne für die Zukunft zu schmieden. Tamsin, an seiner Seite, strahlte eine Energie aus, die ansteckend war. "Wir haben so viel durchgemacht, aber wir sind noch hier", sagte sie mit einer Stimme, die vor Leidenschaft und Überzeugung bebte. "Liora ist nicht nur ein Löwe; sie ist unser Symbol für den Widerstand. Sie zeigt uns, dass wir stark sind, wenn wir zusammenhalten."

Die Dorfbewohner nickten zustimmend, während sie sich um Liora gruppierten. Sie fühlten sich durch ihre Präsenz gestärkt, als ob die Verbindung zwischen Mensch und Tier eine unsichtbare Kraft erzeugte, die sie in ihrem Kampf gegen Valerius vereinte. Liora hatte sich von einem verletzten Tier zu einem Symbol der Hoffnung entwickelt, und ihre Transformation war nicht nur physisch, sondern auch emotional. Sie erinnerte die Dorfbewohner daran, dass selbst in den dunkelsten Zeiten Licht und Stärke gefunden werden konnten.

"Wir müssen unsere Felder bestellen und unsere Häuser reparieren", begann Kaelan, seine Stimme fest und klar. "Aber wir müssen auch dafür sorgen, dass die Erinnerung an unsere Verluste nicht verloren geht. Jeder von uns hat etwas geopfert, und wir müssen diese Opfer ehren, indem wir für eine bessere Zukunft kämpfen."

Die Worte des jungen Botanikers hallten in den Herzen der Dorfbewohner wider. Sie wussten, dass der Weg vor ihnen steinig sein würde, aber die gemeinsame Entschlossenheit, die sie verspürten, war überwältigend. Liora, die neben Kaelan saß, blickte mit ihren tiefen, intelligenten Augen in die Menge. Es war, als ob sie die Gedanken und Ängste der Menschen verstand und ihnen Mut zusprach.

"Lasst uns gemeinsam anpacken!", rief Tamsin und erhob die Stimme über das Gemurmel der Menge. "Wir werden Eldoria wieder aufbauen, stärker als je zuvor! Liora wird uns führen, und wir werden niemals zulassen, dass jemand unsere Freiheit bedroht!"

Ein begeisterter Aufschrei erhob sich aus der Menge, und die Dorfbewohner fühlten sich von einem kollektiven Geist erfasst. In diesem Moment wurde die Verbindung zwischen Mensch und Tier zu einem Symbol für den unerschütterlichen Willen der Gemeinschaft. Sie waren bereit, die Herausforderungen anzunehmen, die vor ihnen lagen, und die Erinnerungen an ihre Verluste in Stärke umzuwandeln.

Während die Sonne höher stieg und die Wärme des Tages spürbar wurde, begannen die Dorfbewohner, ihre Aufgaben zu verteilen. Einige machten sich auf den Weg zu den Feldern, um die Erde vorzubereiten, während andere sich um die Reparatur der beschädigten Häuser kümmerten. Kaelan und Tamsin arbeiteten Hand in Hand, ihre Blicke voller Zuversicht und Entschlossenheit. Liora folgte ihnen, stolz und wachsam, ein lebendiges Zeichen für die Hoffnung, die sie alle verband.

"Wir sind nicht allein", flüsterte Kaelan leise, als er einen Blick auf Liora warf. "Gemeinsam sind wir stark." Diese Worte schienen in der Luft zu schweben, als die Dorfbewohner sich aufmachten, um ihre Träume von einer besseren Zukunft zu verwirklichen. Liora, die in der Mitte der Gruppe ging, war mehr als nur ein Löwe; sie war das Herzstück ihrer Hoffnung und der lebendige Beweis dafür, dass aus Schmerz neue Anfänge entstehen konnten.

Das Kapitel endete mit einem Gefühl der Vorfreude und des Optimismus. Während die Dorfbewohner anpackten, um ihre Gemeinschaft wieder aufzubauen, wusste jeder von ihnen, dass die kommenden Herausforderungen groß sein würden. Doch mit Liora an ihrer Seite fühlten sie sich bereit, sich dem Unbekannten zu stellen. Die Geschichte von Eldoria war noch lange nicht zu Ende, und die Wunder, die noch kommen würden, warteten nur darauf, entdeckt zu werden.

17
Ein neuer Horizont

17.1 Die Dorfbewohner schmieden Pläne für eine bessere Zukunft

Die letzten Strahlen der Abendsonne tanzten über das Dorf Eldoria und warfen lange Schatten auf den zentralen Platz, wo sich die Dorfbewohner versammelten. In der Luft lag ein Gefühl der Entschlossenheit, durchzogen von einer leisen Anspannung, die die bevorstehenden Herausforderungen ankündigte. Am Rand der Versammlung stand Kaelan, sein Herz schlug heftig, während er die Gesichter seiner Nachbarn musterte. Jeder war gekommen, um an diesem entscheidenden Moment teilzuhaben, und jeder war sich bewusst, dass ihre Zukunft auf dem Spiel stand.

"Wir müssen zusammenkommen und einen Plan schmieden", begann Tamsin, ihre Stimme fest und klar. "Valerius wird nicht ruhen, bis er alles, was wir lieben, zerstört hat. Wir dürfen nicht zulassen, dass seine Tyrannei unser Dorf zerbricht." Ihre Worte hallten durch die Menge und fanden Gehör bei den Anwesenden. Einige nickten zustimmend, während andere besorgt schauten, als ob sie die Schwere der Situation erst jetzt vollständig begriffen.

Kaelan trat vor, sein Blick fest entschlossen. "Wir haben Liora, die uns symbolisiert, was wir beschützen müssen. Sie ist nicht nur ein Tier; sie ist unsere Hoffnung. Wenn wir uns zusammenschließen, können wir Valerius entgegenstehen und unser Zuhause verteidigen." Seine Stimme war leise, aber die Leidenschaft, die darin mitschwang, ließ die Menschen innehalten und ihm zuhören.

Ein älterer Mann, Herr Greven, der viele Winter erlebt hatte, erhob sich und sprach mit rauer Stimme: "Wir haben in der Vergangenheit oft zusammengearbeitet, um die Ernte zu sichern oder uns gegen die Stürme zu schützen. Jetzt müssen wir diese Zusammenarbeit auf eine neue Ebene heben. Wir müssen uns organisieren, um Valerius' Pläne zu vereiteln." Seine Worte waren von einer tiefen Weisheit geprägt, die die anderen Dorfbewohner ermutigte.

"Aber wie?", fragte eine junge Frau aus der Menge, ihre Augen voller Angst. "Was können wir tun gegen einen Mann, der so viel Macht hat?"

Tamsin trat näher und legte ihr eine Hand auf die Schulter. "Wir müssen unsere Stärken nutzen. Jeder von uns hat Fähigkeiten, die wir einbringen können. Einige sind gute Kämpfer, andere sind geschickte Handwerker oder Heiler. Gemeinsam sind wir stark!" Ihre Entschlossenheit steckte an, und die Atmosphäre begann sich zu verändern. Ein Gefühl von Hoffnung keimte auf, das die anfängliche Angst zu vertreiben schien.

"Lasst uns ein Treffen abhalten, um unsere Talente zu besprechen", schlug Kaelan vor. "Wir können herausfinden, wer was beitragen kann. Vielleicht können wir sogar eine Strategie entwickeln, um Valerius' Ressourcen zu sabotieren, bevor er uns angreift." Die Idee fand Anklang, und die Dorfbewohner begannen, sich lebhaft zu unterhalten, während sie Pläne schmiedeten.

Doch inmitten dieser aufkeimenden Hoffnung spürte Kaelan die Last der Verantwortung auf seinen Schultern. Er dachte an Liora, die nun stark und majestätisch war, und daran, wie sehr sie für die Dorfbewohner bedeutete. Ihre Verbindung war nicht nur eine persönliche; sie war das Symbol für den Widerstand gegen die Unterdrückung. Er wusste, dass die Dorfbewohner sich auf sie verlassen würden, und das machte ihn sowohl stolz als auch ängstlich.

"Wir müssen auch die anderen Dörfer informieren", fügte Tamsin hinzu. "Wenn wir vereint sind, können wir Valerius nicht nur in Eldoria, sondern in der gesamten Region herausfordern."

Die Diskussionen wurden lebhafter, als die Dorfbewohner begannen, ihre Ideen auszutauschen. Einige schlugen vor, Patrouillen einzurichten, während andere über Möglichkeiten nachdachten, Valerius' Vorräte zu sabotieren. Kaelan hörte aufmerksam zu, während er sich bemühte, alle Vorschläge zu berücksichtigen. Es war wichtig, dass jeder das Gefühl hatte, gehört zu werden, denn nur so konnte die Gemeinschaft zusammenwachsen.

Doch während sie ihre Pläne schmiedeten, schwebte die ständige Bedrohung durch Valerius über ihnen wie ein dunkler Schatten. Kaelan konnte nicht umhin, sich vorzustellen, wie Valerius reagieren würde, wenn er von ihren Bemühungen erfuhr. Wäre er bereit, alles zu tun, um sie zu stoppen? Und was würde das für die Dorfbewohner bedeuten?

Die Gespräche dauerten bis zur Dunkelheit, und als die Sterne am Himmel funkelten, fühlte Kaelan eine Mischung aus Hoffnung und Furcht. Die Dorfbewohner hatten den ersten Schritt in Richtung einer besseren Zukunft gemacht, aber der Weg war noch lang und voller Gefahren. Doch in diesem Moment, umgeben von seinen Nachbarn, fühlte er sich weniger allein. Sie waren bereit, für ihre Freiheit zu kämpfen, und das gab ihm Kraft.

"Lasst uns morgen früh wieder zusammenkommen", sagte Tamsin schließlich. "Wir werden die nächsten Schritte planen und sicherstellen, dass wir bereit sind, Valerius entgegenzutreten."

Als die Dorfbewohner sich langsam zerstreuten, spürte Kaelan, wie eine neue Entschlossenheit in ihm wuchs. Es war Zeit, die Vergangenheit hinter sich zu lassen und für die Zukunft zu kämpfen, die sie alle verdienten. Gemeinsam würden sie die Herausforderungen meistern, die vor ihnen lagen, und die Hoffnung auf eine bessere Welt am Leben halten.

17.2 Kaelan und Tamsin träumen von einer neuen Welt

Die Dämmerung legte sich sanft über Eldoria, während Kaelan und Tamsin am Dorfrand saßen, umgeben von den harmonischen Klängen der Natur. Der Wind spielte mit den Blättern der Bäume, und die letzten Sonnenstrahlen tauchten die Landschaft in ein warmes, goldenes Licht. In diesem Moment der Stille begannen sie, von einer besseren Zukunft zu träumen – einer Welt, in der die Dorfbewohner in vollkommener Harmonie mit der Natur leben konnten.

"Stell dir vor, wie es wäre, wenn wir die Wälder nicht nur schützen, sondern auch hegen könnten", sagte Kaelan und ließ seinen Blick über die üppigen Bäume schweifen. "Ein Ort, an dem jeder Baum, jede Blume und jedes Tier geschätzt wird. Wo wir im Einklang mit der Natur leben, anstatt sie auszubeuten." Seine Augen leuchteten vor Begeisterung, während er die Vision eines blühenden Eldorias entfaltete.

Tamsin nickte zustimmend, ihre Augen funkelten vor Leidenschaft. "Ja! Und wo die Kinder lernen, die Geheimnisse der Pflanzen zu verstehen, so wie du es tust. Wo wir die Geschichten unserer Vorfahren erzählen und das Wissen um die Heilkräfte der Natur weitergeben können. Es könnte ein Ort des Lernens und des Wachstums sein."

Doch inmitten dieser Träume schlich sich eine dunkle Wolke der Realität in ihre Gedanken. Die Bedrohung durch Valerius war allgegenwärtig, und die Dorfbewohner waren sich der Herausforderungen bewusst, die vor ihnen lagen. "Aber wie können wir das erreichen?", fragte Tamsin und ihre Stimme wurde leiser. "Wie können wir Valerius aufhalten und gleichzeitig unsere Vision verwirklichen?"

Kaelan seufzte und sah auf den Boden, als ob die Antwort dort verborgen läge. "Wir müssen zusammenarbeiten. Jeder im Dorf muss verstehen, dass unser Überleben von der Natur abhängt. Wir müssen eine Gemeinschaft bilden, die stark genug ist, um sich gegen seine Tyrannei zu wehren."

"Das ist leichter gesagt als getan", erwiderte Tamsin, ihre Stirn runzelte sich. "Viele haben Angst. Sie glauben, dass Widerstand nur noch mehr Leid bringen wird. Wie können wir sie überzeugen, dass es sich lohnt, für eine bessere Zukunft zu kämpfen?"

"Indem wir Hoffnung verbreiten", antwortete Kaelan entschlossen. "Indem wir zeigen, dass Veränderung möglich ist. Liora wird uns helfen. Sie ist nicht nur ein Löwe; sie ist ein Symbol für unseren Kampf. Wenn die Dorfbewohner sehen, wie stark sie geworden ist, werden sie erkennen, dass auch wir stark sein können."

Die Vorstellung von Liora, die majestätisch durch den Wald schreitet, gab Tamsin neuen Mut. "Du hast recht. Wenn wir gemeinsam anpacken, können wir etwas bewirken. Aber wir müssen auch bereit sein, Opfer zu bringen. Es wird nicht einfach sein."

"Das weiß ich", sagte Kaelan und legte eine Hand auf ihre. "Aber wir dürfen nicht aufgeben. Wir müssen die Dorfbewohner motivieren, sich zu vereinen. Vielleicht können wir ein Treffen organisieren, um unsere Pläne zu besprechen und ihre Ängste zu lindern."

Tamsin lächelte, ein Funken der Entschlossenheit in ihren Augen. "Ja, lass uns das tun. Wir müssen sie daran erinnern, was wir verlieren könnten, wenn wir nichts unternehmen. Unsere Heimat, unsere Freiheit – all das steht auf dem Spiel."

Die beiden standen auf, ihre Herzen voller Hoffnung und Entschlossenheit. Sie wussten, dass der Weg vor ihnen steinig sein würde, aber die Vision einer harmonischen Welt trieb sie an. Gemeinsam würden sie die Dorfbewohner mobilisieren, ihre Ängste überwinden und sich dem tyrannischen Valerius entgegenstellen.

"Wir sind nicht allein", flüsterte Tamsin, als sie in die Nacht hinaussahen. "Gemeinsam sind wir stark. Gemeinsam können wir eine neue Welt erschaffen."

Und während die Sterne über Eldoria funkelten, begannen sie, Pläne zu schmieden, um ihre Träume Wirklichkeit werden zu lassen. Doch tief in ihrem Inneren wussten sie, dass der Kampf erst begonnen hatte und dass sie sich den Konsequenzen ihrer Entscheidungen stellen mussten. Diese Entwicklungen bereiteten den Boden für die kommenden Konflikte und Herausforderungen, die sie gemeinsam bewältigen würden.

17.3 Liora bleibt an Kaelans Seite, ein Zeichen des Wandels

Der Horizont glühte in warmen, goldenen Tönen, während die Sonne sich langsam dem Abendnebel näherte und den Wald in ein sanftes Licht tauchte. Kaelan stand am Rand der Lichtung, sein Herz schlug im Einklang mit der lebendigen Natur um ihn herum. An seiner Seite saß Liora, die sich zu einem majestätischen Löwen entwickelt hatte, deren Fell im Sonnenlicht wie flüssiges Gold schimmerte. Ihre Augen strahlten eine faszinierende Mischung aus Wildheit und Sanftmut aus, und in diesem entscheidenden Moment wurde Kaelan klar, dass sie weit mehr als nur ein Tier war – sie war das Symbol für den Wandel, den die Dorfbewohner so dringend benötigten.

In den vergangenen Wochen hatten die Dorfbewohner ihre Ängste überwunden und sich vereint, inspiriert von Lioras Stärke und Kaelans unerschütterlichem Glauben an die Kraft der Natur. Die Verbindung zwischen Mensch und Tier hatte sich vertieft und war zu einer Quelle der Hoffnung geworden. In den Gesichtern der Menschen spiegelte sich der Mut wider, den sie aus ihrer Freundschaft mit Liora schöpften. Sie waren bereit, sich Valerius entgegenzustellen, nicht nur für ihre Freiheit, sondern auch für den Erhalt ihrer Heimat.

Kaelan erinnerte sich an die ersten Tage, als er Liora gefunden hatte, verletzlich und hilflos. Er hatte sie geheilt, und in diesem Prozess hatte er auch sich selbst geheilt. Jetzt, da sie an seiner Seite stand, fühlte er sich stärker als je zuvor. Die Dorfbewohner kamen zusammen, um ihre Pläne zu schmieden, und Liora war das Herzstück dieser Versammlungen. Ihre bloße Anwesenheit gab den Menschen das Gefühl, dass sie nicht allein waren, dass sie gemeinsam gegen die Dunkelheit kämpfen konnten, die Valerius über ihr Dorf bringen wollte.

"Wir sind die Wächter unserer Heimat", sagte Tamsin, während sie die anderen um sich versammelte. "Mit Liora an unserer Seite können wir alles erreichen." Ihre Stimme war fest, und die Entschlossenheit in ihren Augen war ansteckend. Kaelan spürte, wie die Energie der Gruppe wuchs, als sie sich gegenseitig ermutigten. Sie hatten nicht nur einen Plan, sie hatten eine Vision – eine Zukunft, in der Eldoria in Harmonie mit der Natur leben konnte, ohne Angst vor der Tyrannei.

Die Gespräche drehten sich um Strategien und Möglichkeiten, Valerius einen entscheidenden Schlag zu versetzen. Kaelan und Tamsin führten die Diskussionen, während Liora geduldig neben ihnen saß, als ob sie die Worte der Menschen verstand. Es war, als ob die Verbindung zwischen ihnen allen – Mensch und Tier – die Grenzen der Sprache überschritt. Sie waren eins in ihrem Streben nach Freiheit.

Als die Nacht hereinbrach, versammelten sich die Dorfbewohner um ein großes Feuer, das die Dunkelheit erhellte. Kaelan sah in die Gesichter seiner Freunde und Nachbarn, und er fühlte eine Welle der Dankbarkeit. Diese Menschen waren nicht nur seine Nachbarn; sie waren seine Familie. Gemeinsam hatten sie Schmerz und Verlust erlebt, aber jetzt standen sie vereint in der Hoffnung auf eine bessere Zukunft.

"Wir werden kämpfen", erklärte Kaelan mit fester Stimme. "Nicht nur für uns, sondern auch für die Natur, die uns ernährt und beschützt. Liora ist unser Zeichen des Wandels, und wir werden nicht zulassen, dass Valerius uns das nimmt." Ein zustimmendes Murmeln ging durch die Menge, und Kaelan spürte, wie die Entschlossenheit in ihm wuchs.

In diesem Moment wurde Liora lebendig. Sie erhob sich majestätisch, ihr Kopf hoch erhoben, und brüllte in die Nacht. Der Klang hallte durch den Wald und schien die Sterne selbst zu erschüttern. Es war ein Brüllen, das nicht nur die Tiere in der Umgebung, sondern auch die Herzen der Dorfbewohner berührte. Sie waren nicht allein, und die Natur stand auf ihrer Seite.

Als die Nacht weiter voranschritt, umarmte eine Atmosphäre der Vorfreude und des Optimismus die Dorfbewohner. Sie wussten, dass die Herausforderungen, die vor ihnen lagen, gewaltig sein würden, aber sie waren bereit, sich ihnen zu stellen. Die Zeit des Wandels war gekommen, und mit Liora an ihrer Seite fühlten sie sich unbesiegbar.

So endete das Kapitel, nicht mit einem Gefühl der Niederlage, sondern mit einem Aufbruch in eine neue Ära. Eldoria war bereit, sich zu erheben, und die Dorfbewohner blickten optimistisch in die Zukunft, entschlossen, ihre Heimat zu verteidigen und die Freiheit zu erkämpfen, die sie so sehr verdienten.

18
Der Löwe bleibt

18.1 Kaelan erkennt die wahre Bedeutung von Freiheit

In den frühen Stunden des Tages, als der Nebel sanft über die Wiesen von Eldoria schwebte, saß Kaelan am Ufer des glitzernden Baches, der durch das Dorf floss. Die Sonne küsste gerade den Horizont, und ihre goldenen Strahlen tanzten auf der Wasseroberfläche. Während er die ersten Vögel des Morgens in den Bäumen singen hörte, fühlte er sich für einen flüchtigen Moment mit der Welt im Einklang. Doch tief in seinem Inneren nagte eine Unruhe an ihm, die er nicht ignorieren konnte.

Die letzten Tage hatten ihm gezeigt, dass Freiheit mehr war als nur das Fehlen von Tyrannei. Sie war eine Verantwortung, die jeder Einzelne für die Gemeinschaft trug. Während er über die Wellen des Wassers starrte, dachte er an Liora, das Löwenbaby, das er gerettet hatte. Ihre Verletzungen waren nicht nur körperlicher Natur gewesen; sie trugen die Last einer Welt, die oft grausam und ungerecht war. Kaelan hatte nicht nur ihr Leben gerettet, sondern auch seine eigene Sicht auf die Welt verändert.

"Was ist Freiheit ohne Verantwortung?" murmelte er leise vor sich hin. Diese Frage hallte in seinem Kopf wider, während er die sanften Bewegungen des Wassers betrachtete. Er erinnerte sich an die Worte von Elysia, seiner Mentorin, die ihm oft gesagt hatte, dass wahre Stärke nicht nur im Kämpfen lag, sondern auch im Schützen und Pflegen. Diese Erkenntnis war ihm jetzt wichtiger denn je, da die Bedrohung durch Valerius, den tyrannischen Landbesitzer, immer näher rückte.

Kaelan wusste, dass die Dorfbewohner in Gefahr waren. Valerius hatte bereits begonnen, seine finsteren Pläne zu schmieden, um die Ressourcen des Dorfes auszubeuten. Der Gedanke daran ließ Kaelan das Herz schwer werden. Er hatte die Verantwortung, nicht nur für Liora, sondern auch für die Menschen in Eldoria zu kämpfen. Er war ein Teil dieser Gemeinschaft, und es war an der Zeit, dass er seine Rolle verstand und annahm.

Als er aufstand und den Bach entlangging, spürte er die kühle Brise, die durch die Bäume wehte. Jeder Schritt fühlte sich an wie eine Entscheidung, die er traf, um für das einzustehen, was er liebte. Die Bilder der Dorfbewohner, die zusammenarbeiteten, um ihre Felder zu bestellen und ihre Familien zu ernähren, kamen ihm in den Sinn. Sie waren eine Einheit, stark und widerstandsfähig, aber auch verletzlich. Kaelan wollte nicht zulassen, dass Valerius diese Einheit zerstörte.

"Ich muss etwas tun", dachte er entschlossen. "Ich kann nicht einfach zusehen, wie alles, was wir aufgebaut haben, in den Abgrund gerissen wird." Seine Gedanken wanderten zu Tamsin, der rebellischen Dorfbewohnerin, die sich bereits gegen Valerius erhoben hatte. Ihre Leidenschaft und Entschlossenheit inspirierten ihn, und er wusste, dass er an ihrer Seite stehen musste. Gemeinsam könnten sie die Dorfbewohner mobilisieren und einen Widerstand gegen die Tyrannei aufbauen.

Kaelan stellte sich vor, wie er Tamsin und die anderen versammeln würde, um ihnen seine Vision von Freiheit und Verantwortung zu vermitteln. Es war wichtig, dass sie alle verstanden, dass ihre Freiheit nicht nur ein Geschenk war, sondern auch eine Verpflichtung. "Wir müssen uns gegenseitig unterstützen", flüsterte er, während er durch den Wald ging. "Wir müssen für unsere Heimat kämpfen."

In diesem Moment wurde ihm klar, dass er nicht allein war. Liora, die majestätische Löwin, die er großgezogen hatte, war nicht nur ein Symbol für Hoffnung, sondern auch ein Zeichen für den Widerstand. Ihre Stärke würde die Dorfbewohner ermutigen, und Kaelan fühlte sich bereit, die Herausforderung anzunehmen. Er wusste, dass die kommenden Tage schwierig werden würden, aber er war entschlossen, für das einzustehen, was er liebte.

Als er schließlich den Rand des Dorfes erreichte, sah er die ersten Dorfbewohner, die mit ihren täglichen Arbeiten beschäftigt waren. Ihre Gesichter waren von Sorgen gezeichnet, und Kaelan spürte, dass die Zeit gekommen war, um zu handeln. Er musste sie aufwecken, ihnen zeigen, dass Freiheit nicht nur ein Wort war, sondern eine Realität, für die es zu kämpfen galt.

"Eldoria wird nicht fallen", rief er laut, seine Stimme hallte durch die Luft. "Wir sind stark, und wir werden zusammenstehen!" Die Dorfbewohner blickten auf, überrascht von seiner Entschlossenheit. Kaelan wusste, dass dies der erste Schritt war, um sie zu vereinen und die Verantwortung zu übernehmen, die auf ihren Schultern lastete. Freiheit bedeutete nicht nur, sich gegen Valerius zu erheben, sondern auch, sich um die Gemeinschaft zu kümmern, die sie alle liebten.

Mit einem neuen Gefühl der Entschlossenheit machte sich Kaelan auf den Weg, um Tamsin zu finden. Es war Zeit, die Dorfbewohner zu mobilisieren und ihnen die wahre Bedeutung von Freiheit zu vermitteln. Gemeinsam würden sie für ihre Heimat kämpfen und alles riskieren, um die Zukunft von Eldoria zu sichern.

18.2 Die Dorfbewohner stehen vereint in ihrer neuen Realität

Über Eldoria breitete sich der goldene Schein der Sonne aus, während die Dorfbewohner auf dem zentralen Platz zusammenkamen, um ihre neu gewonnene Freiheit zu zelebrieren. Ein Moment, der lange ersehnt war, ein Augenblick, in dem die Gemeinschaft sich vereinte, um die Schatten der Tyrannei hinter sich zu lassen. Lieder und Tänze erfüllten die Luft, während das fröhliche Lachen der Kinder die Herzen der Erwachsenen erwärmte. Doch inmitten dieser Freude schwang auch eine leise Melancholie mit, die an die Verluste erinnerte, die sie erlitten hatten.

Kaelan stand am Rand des Platzes und beobachtete das Geschehen. Seine Gedanken wanderten zu denjenigen, die nicht mehr bei ihnen waren, zu den Freunden und Nachbarn, die für ihre Freiheit gekämpft hatten. Er fühlte sich hin- und hergerissen zwischen der Freude über den Sieg und dem Schmerz über die Wunden, die der Krieg hinterlassen hatte. Tamsin, die an seiner Seite stand, bemerkte seine nachdenkliche Miene und legte ihm beruhigend eine Hand auf den Arm.

"Es ist in Ordnung, traurig zu sein, Kaelan. Wir haben viel verloren, aber wir haben auch viel gewonnen", sagte sie mit sanfter Stimme. Ihre Augen funkelten vor Entschlossenheit und Hoffnung. "Wir sind hier, weil wir zusammengehalten haben. Diese Gemeinschaft ist stark, und wir werden wieder aufbauen."

Kaelan nickte, doch in seinem Inneren kämpfte er mit Schuldgefühlen. Hätte er mehr tun können? Hätte er die Dorfbewohner besser schützen können? Diese Fragen nagten an ihm, während er den Blick über die fröhlichen Gesichter schweifen ließ. Die Einheit, die sie nun zeigten, war bewundernswert, doch er wusste, dass die Herausforderungen noch lange nicht vorbei waren. Valerius war besiegt, aber die Narben des Krieges würden nicht so schnell heilen.

Die Feierlichkeiten nahmen ihren Lauf, und bald wurden Geschichten über die Heldentaten der Dorfbewohner erzählt. Jeder wollte seinen Teil zur Geschichte beitragen, und die Stimmen erhoben sich in einem harmonischen Chor. "Wir sind Eldoria!", riefen sie im Einklang, und die Worte hallten durch die Straßen. Diese Einheit war ein Zeichen des Widerstands, ein Versprechen, dass sie niemals wieder zulassen würden, dass jemand ihre Freiheit bedrohte.

Doch während die Dorfbewohner feierten, spürte Kaelan eine wachsende Unruhe in seinem Herzen. Was würde geschehen, wenn Valerius zurückkehrte? Würden sie bereit sein, erneut zu kämpfen? Diese Gedanken schienen wie dunkle Wolken über der festlichen Stimmung zu hängen. Er wandte sich an Tamsin, die in ein Gespräch mit Elysia vertieft war, und suchte ihren Rat.

"Tamsin, denkst du, dass wir wirklich sicher sind? Was, wenn Valerius plant, sich zu rächen?" Seine Stimme war leise, fast ein Flüstern, doch die Besorgnis war in seinen Augen deutlich sichtbar.

Tamsin drehte sich zu ihm um, ihre Entschlossenheit ungebrochen. "Wir müssen an unsere Stärke glauben, Kaelan. Wir haben gemeinsam gekämpft und gewonnen. Wenn er zurückkommt, werden wir bereit sein. Diese Gemeinschaft ist stärker als je zuvor."

Kaelan wollte an ihren Worten festhalten, doch die Unsicherheit nagte an ihm. In diesem Moment trat Elysia zu ihnen, ihre Präsenz strahlte Ruhe und Weisheit aus. "Die Zeit der Feier ist wichtig, aber wir dürfen nicht vergessen, dass der Frieden, den wir gewonnen haben, fragil ist. Wir müssen zusammenarbeiten, um sicherzustellen, dass Eldoria nicht nur überlebt, sondern gedeiht."

Ihre Worte waren wie ein Weckruf für die Dorfbewohner. Sie mussten sich den Herausforderungen stellen, die vor ihnen lagen, und gleichzeitig die Freude über ihren Sieg bewahren. Elysia schlug vor, dass sie einen Rat bilden sollten, um die nächsten Schritte zu planen. Kaelan spürte, wie die Hoffnung in ihm aufkeimte. Vielleicht konnte er mit Tamsin und Elysia an seiner Seite die Dorfbewohner führen, um Eldoria in eine bessere Zukunft zu steuern.

Als die Feierlichkeiten weitergingen, sammelten sich die Dorfbewohner um Elysia, um ihre Ideen zu hören. Kaelan fühlte sich gestärkt von der Einheit, die sie alle teilten. In diesem Moment wurde ihm klar, dass die Dorfbewohner nicht nur für ihre Freiheit gekämpft hatten, sondern auch für eine neue Identität, die sie gemeinsam formen würden. Und während die Musik erklang und die Tänze weitergingen, wusste er, dass dies erst der Anfang einer neuen Reise war.

18.3 Ein Ausblick auf die Wunder, die noch kommen

Die ersten Strahlen der Morgensonne durchbrachen den Horizont und hüllten die Hügel von Eldoria in ein sanftes, goldenes Licht. Am Rand des Dorfes stand Kaelan, seine Augen fest auf die Linie gerichtet, wo Wälder und Himmel sich vereinten. In diesem Augenblick durchflutete ihn eine Welle der Hoffnung, die wie ein sanfter Wind durch die Blätter der Bäume strich und sie zum Flüstern brachte. Die Dorfbewohner hatten gemeinsam gekämpft, und obwohl die Narben des Krieges noch frisch waren, spürte er, dass die Zeit für einen Neuanfang gekommen war.

In den vergangenen Wochen hatten sie unermüdlich daran gearbeitet, ihre Gemeinschaft wieder aufzubauen. Jeder Stein, den sie zurücklegten, jede Pflanze, die sie in die Erde setzten, war ein Schritt in Richtung einer besseren Zukunft. Kaelan dachte an Liora, die majestätisch neben ihm stand, ihr Fell im Licht schimmernd. Sie war nicht nur ein Löwe; sie war ein Symbol für alles, wofür sie gekämpft hatten – Freiheit, Hoffnung und die unerschütterliche Verbindung zwischen Mensch und Tier. Ihre Anwesenheit erinnerte ihn daran, dass sie nicht allein waren, dass die Natur sie unterstützte und ihnen Kraft gab.

Tamsin trat zu ihm, ihre Augen funkelten vor Entschlossenheit. "Wir haben so viel erreicht, Kaelan. Wir dürfen nicht aufhören, jetzt, wo wir die Chance haben, etwas Wundervolles zu schaffen." Ihre Stimme war fest, und in ihr lag die Leidenschaft, die auch andere Dorfbewohner ansteckte. Kaelan nickte, sein Herz schlug schneller. Er wusste, dass sie recht hatte. Der Wiederaufbau war nicht nur eine physische Aufgabe; es war eine Gelegenheit, die Werte, für die sie gekämpft hatten, in die Tat umzusetzen.

Gemeinsam versammelten sich die Dorfbewohner auf dem Platz, der einst von Valerius' Schatten überschattet war. Jetzt war er erfüllt von Lachen und Gesprächen, von der Aufregung über die neuen Möglichkeiten, die vor ihnen lagen. Elysia, die weise Mentorin, trat vor und sprach mit einer Stimme, die sowohl sanft als auch kraftvoll war. "Jeder von euch hat eine Rolle in dieser neuen Welt. Wir sind nicht nur Überlebende; wir sind Schöpfer unserer eigenen Zukunft." Ihre Worte hallten durch die Menge und hinterließen ein Gefühl der Verbundenheit und des Zwecks.

Kaelan fühlte, wie die Emotionen in ihm aufstiegen. Die Erinnerungen an den Schmerz und die Verluste waren immer noch präsent, aber sie wurden von der Hoffnung überlagert, die nun die Herzen der Dorfbewohner erfüllte. "Lasst uns die Lehren aus der Vergangenheit nutzen, um eine harmonische Gemeinschaft zu schaffen", fügte er hinzu, seine Stimme fest und klar. "Wir werden die Ressourcen der Natur respektieren und im Einklang mit ihr leben."

Die Dorfbewohner stimmten ihm zu, und ein Gefühl der Vorfreude breitete sich aus. Sie begannen, Pläne zu schmieden, um ihre Felder zu bestellen, neue Pflanzen zu züchten und die alten Traditionen wiederzubeleben, die Valerius' Herrschaft unterdrückt hatte. Die Kinder spielten im Hintergrund, ihre fröhlichen Stimmen waren ein lebendiges Zeichen dafür, dass das Leben weiterging, dass die Zukunft voller Möglichkeiten war.

"Wir werden die Wunden heilen, die dieser Krieg hinterlassen hat", sagte Tamsin und sah Kaelan direkt in die Augen. "Wir werden nicht nur unsere Häuser wieder aufbauen, sondern auch die Bande stärken, die uns verbinden." Kaelan spürte die Kraft ihrer Worte und wusste, dass sie zusammen alles erreichen konnten. Die Herausforderungen, die vor ihnen lagen, würden sie zusammenschweißen und ihre Gemeinschaft stärken.

Als die Sonne höher stieg, fühlte Kaelan eine tiefe Zufriedenheit in seinem Herzen. Die Dorfbewohner waren bereit, die Verantwortung für ihre Zukunft zu übernehmen. Es war eine neue Ära angebrochen, und mit ihr kamen die Wunder, die sie sich erhofft hatten. Während sie sich auf den Weg machten, um ihre Träume zu verwirklichen, wusste Kaelan, dass sie alle Teil von etwas Größerem waren – einer Bewegung, die die Herzen der Menschen und die Seele der Natur miteinander verband.

"Lasst uns gehen und die Wunder entdecken, die noch kommen werden", rief Kaelan, und die Menge jubelte. Die Vorfreude auf das, was kommen würde, war greifbar, und während sie in die Zukunft blickten, war die Hoffnung, die sie teilten, das Licht, das ihren Weg erhellte. Die Dorfbewohner von Eldoria waren bereit, die nächsten Schritte zu gehen, und nichts konnte sie aufhalten.

In einem versteckten Dorf namens Eldoria, wo die Natur in voller Blüte steht und Geheimnisse im Schatten der Bäume verborgen sind, lebt der junge Botaniker Kaelan. Er ist bekannt für seine außergewöhnlichen Fähigkeiten im Umgang mit Pflanzen und seinen tiefen Glauben an die heilende Kraft der Natur. Eines Tages entdeckt er ein verletztes Löwenbaby, das er Liora nennt. Diese Begegnung wird zum Wendepunkt in Kaelans Leben: Liora wird nicht nur sein treuer Begleiter, sondern auch ein Symbol für Schmerz und Hoffnung. Doch die Idylle des Dorfes wird bald durch den tyrannischen Landbesitzer Valerius bedroht, der plant, die Ressourcen Eldorias gnadenlos auszubeuten. Valerius sieht in Liora eine Bedrohung für seine Macht und setzt alles daran, sie zu beseitigen. Kaelan steht vor einer gewaltigen Entscheidung: Soll er seiner Loyalität zur Natur folgen oder sein Heimatdorf verteidigen? Unterstützt von seiner Mentorin Elysia, einer weisen Heilerin mit geheimnisvollem Wissen über die Verbindung zwischen Mensch und Tier, beginnt Kaelan einen verzweifelten Kampf um Freiheit und Gerechtigkeit. Parallel dazu entfaltet sich eine leidenschaftliche Beziehung zwischen Kaelan und Tamsin, einer rebellischen Dorfbewohnerin, die gegen Valerius kämpft. Ihre Liebe blüht auf amid dem Chaos des Widerstands und bringt zusätzliche Konflikte mit sich. Während Liora heranwächst und zu einem majestätischen Löwen wird, spitzt sich die Situation im Dorf weiter zu. Die Bewohner müssen entscheiden: Werden sie zusammenstehen oder unter dem Druck von Valerius zerbrechen? Als sich die Ereignisse zuspitzen und das Schicksal Eldorias auf dem Spiel steht, muss Kaelan Entscheidungen treffen, die nicht nur sein eigenes Leben beeinflussen werden. Inmitten von Schmerz entsteht Hoffnung; durch Mut blühen Wunder auf. Diese Geschichte entfaltet sich als episches Drama über Identität, Verantwortung und den unaufhörlichen Kampf gegen Unterdrückung. „Der Löwe blieb" ist mehr als nur eine Erzählung über den Schutz eines Tieres; es ist ein bewegendes Werk über Freundschaft, Mut und den unerschütterlichen Glauben an eine bessere Zukunft – ein Abenteuer voller unerwarteter Wendungen in einer Welt voller Geheimnisse.

Verlag: BoD · Books on Demand GmbH, Überseering 33,
22297 Hamburg, bod@bod.de
Druck: Libri Plureos GmbH, Friedensallee 273, 22763 Hamburg
ISBN: 978-3-7693-5493-5